Jasper Vogt · Jümmer lustig mit Geföhl !

Jasper Vogt

Jümmer lustig mit Geföhl!

„Hör mal'n beten to"-Geschichten

Verlag Michael Jung
Kiel

Die Beiträge von Jasper Vogt stammen aus der NDR-Sendereihe „Hör mal'n beten to" (NDR 1 WELLE NORD, NDR HAMBURG Welle 90,3, NDR 1 RADIO NIEDERSACHSEN).

Der Verlag hat die plattdeutsche Schreibweise vom Autor unverändert übernommen.

Besuchen Sie uns bitte im Internet:
www.verlag-michael-jung.de

1. Auflage 2002

Einbandzeichnung: Kurt Schmischke
Autorenfoto: Michael Jung
Gesamtherstellung:
Hans Kock Buch- und Offsetdruck GmbH, Bielefeld
ISBN 3-89882-011-4

Mien leve Fro

FRAAG

Woso krieg ik egentlich so selten ’n Antwort, wenn ik ’n Fraag stell! Dorüm stell ik doch de Fraag, wiel ik ’n Antwort hebben will. Anners wöör ik jo keen Fraag stellen, is doch kloor.

Wenn ik to ’n Bispill an mien Fro mit goden Grund de Fraag richten do: „Weetst du egentlich, wo laat dat is?“

Jo, denn will ik nich hören: „Jo jo, ik beiel mi al!“ Nee, deit mi leed, dat is keen Antwort op mien Fraag!

En Antwort weer: „Jo, ik weet, wo laat dat is, Twintig na Söben.“

Un denn kunn ik de twete Fraag achterran stellen: „Un wat hebbt wi seggt, wann wüllt wi loos?“

Blots denn seggt mien Fro to ’n Bispill nich: „Veddel na, hebbt wi seggt.“ – Nee, denn kümmt mehrstieds achterran: „Mann, nu heff di doch nich so wegen de fief Minuten!“

Mein Zeit, woso is dat egentlich so swoor! Fraag – Antwort, Fraag – Antwort, so mutt dat gahn un nich anners.

Op de anner Siet bün ik seker, dat ik nich de eenzigst bün op de Welt, de op de Fraag: „Keen hett denn de Kaffeekann tweimaakt ?“, allenfalls ’n Gegenfraag as Antwort kriegen deit:
„Kaffeekann ? Twei ? Dat beten vun de Tülle af ?“
„Ik fraag nochmal: Wokeen hett dat maakt ? !“
„De is doch nich twei ! Mein Zeit, reeg di doch nich so op – dat is al lang af, dat beten ! Mi wunnert, dat du dat nu eerst marken deist.“
Jo, so löppt dat af, jümmer wedder. Ik krieg un krieg eenfach keen Antwort op mien Fragen. Glöövt de Lüüd villicht, ik will gor keen Antwort hebben ?
Jo, sowat gifft dat ok. So ’n Polizist to ’n Bispill, wenn de de Fraag stellt: „Kööönt Se nich lesen ?“, un denn op dat Schild wiest, wo kloor un dütlich opsteiht, dat ’n dor nich parken dröff, denn kunn ik mi vörstellen, dat he dor nich würklich ’n Antwort op hebben will.
Un ik glööv, dat is denn beter, sik gau in ’t Auto to setten un wechtofohren, un villicht nich unbedingt ’n Antwort geven: „Jo, ik kann lesen ! Ik kann sogoor lesen un schrieven.“
Un denn villicht noch ’n Gegenfraag: „Kööönt Se denn ok lesen ? Oder bruukt ’n sowat nich bi de Polizei ?“
Nee nee, sowat segg ik lever nich. Denn segg ik gor nix un laat den Mann mit sien Fraag alleen.
Güstern weer ok maal wedder so ’n Fraag in de Luft, de keem ut Richtung Klo: „Wokeen hett

denn wedder dat Poppier opbruukt un keen nee Rull hoolt ?“

Jo, is dat nu ’n Fraag west ? Wokeen – ik villicht ? Ik glööv, dat weer överhaupt keen Fraag !

Un dor heff ik fix maal trüchfraagt: „Liggt dor denn keen Reserve-Rull mehr ?“

Jo, un wat schall ik seggen ? Op düsse Fraag heff ik natüürlich wedder maal keen Antwort kregen.

Un nu fraag ik mi: Woso krieg ik egentlich so selten ’n Antwort, wenn ik ’n Fraag stell !

Kann mi dor maal een ’n Antwort op geven ?

GARDINEN

Gardinen heff ik nich in mien Arbeitszimmer. Noch ehr dat wi introcken sünd, heff ik dat seggt: „Pass op, ik will bi mi an ’t Finster keen Gardinen hebben, dat dat kloor is.“
„Jo, aver du muttst doch wat vör de Finstern hebben“, seggt mien Fro.
„Woso ?“, segg ik. „Ik heff nix to verbargen.“
„Pass op, dor snackt wi nochmal över“, seggt mien Fro. „Ik warr maal sehn, ik söök di wat ut.“
„Kumm blots nich eensdaags mit Wolkenstores oder sowat an. De riet ik egenhannig wedder af.“
„Du warrst mi egenhannig bi ’t Ophangen helpen“, hett mien Fro noch seggt, un denn hebbt wi dat Thema wesselt un ’n Tied dor gor nich mehr över snackt.
Aver lang hett dat nich duurt, denn füng se dor wedder vun an: „Finnst du dat denn schöön, wenn di vun dat Huus gegenöver all op ’n Schrievdisch kieken köönt ?“
Ik segg: „Soveel ik mitkregen heff, sünd de all op Arbeit, wenn ik an mien Schrievdisch sitt. Un wenn nu würklich een bi mi rinkieken deit, denn ward em dat gau langwielig. Wat is dor woll intressant an, wenn een op ’n Stohl an ’n Schrievdisch sitten deit ?“
„Jo, un wenn nu de Sünn kümmt ? Denn is dat nich slecht, wenn ’n dor ’n beten wat vörtrecken kann. Wat höllst du vun Jalousien ? De sünd

slicht un de gifft dat heel billig op ’n Bomarkt.“
„Nee“, grummel ik, „dor holl ik nix vun. De sünd sowat vun potthässlich, dor arger ik mi blots, wenn ik de elkeen Dag ankieken mutt. Denn lever de Sünn in de Ogen.“
Bi uns in de Spoorkass hebbt se so ‚Senkrechtlamellen‘ an de Finstern, un annerletzt hett mien Fro sik de maal nöger ankeken. Aver dat Thema hebbt wi teemlich gau achter uns bröcht. De sünd nämlich sowat vun düür, dat kann sik blots een leisten, de ok ’n beten Geld vun anner Lüüd in de Kass hett, uns Spoorkass eben, oder een vun de groten Banken.
Aver nu sünd wi uns eenig worrn: Raff-Rollos, slicht un eenfach. Wenn de Sünn op de Finstern knallt, denn ward dat nich glieks duster, wenn ’n de rünnerlaten deit, un an ’n Avend kann dor keeneen dörkieken. Un mien Fro will de sülfst neihn. Dat is gor nich so swoor, seggt se. Aver so eenfach is dat woll doch nich, tominnst sünd de bit hüüt noch nich fardig.
Un as ik mi güstern Namiddag so ’n beten op ’t Ohr haun wull, dor stünn doch jüst gegenöver ’n Fro op de Ledder un weer an ’t Finsterputzen. Un dor weer mi dat doch ’n beten pienlich. Jo, wenn de nu süht, dat ik an ’n hellerlichten Namiddag slapen do, wat denkt de woll vun mi !
Nee, nu maal ganz ehrlich: Överhaupt nix vör de Finstern, dat geiht nich. Dat ward Tied, dat dat anners ward bi mi.

POPPIER

Wat in in de letzte Tied mit Computer loosgahn is, mit weltweit Internet un sowat, dat is seker jüst so ’n groten Ogenblick in de Minschheitsgeschicht, as domaals in Ägypten een op de Idee kamen is, ut Papyrus uns Poppier to maken un achterran de ole Gutenberg dor op druckt hett. Aver ok wenn Telefoon jümmer billiger ward un dat so veel Computers gifft un ok jümmer mehr ward – de Tied, wo wi villicht överhaupt keen Poppier mehr bruukt, de is wiet wech.

Jo, Zeitung to ’n Bispill. Wokeen will denn würklich op sien Blatt verzichten? Wat ’n swatt op witt in de Hann hett, dat is wat anners as Videotext un Web-Seite un wat dat dor sünst noch so allens geven deit. – Un ik laat dor ok nich vun af.

„To wat bruukt wi egentlich twee Tageszeitungen?“, seggt mien Fro. „Kannst mi dat maal verkloren?“

„För de een betahlt wi doch nix, dat weetst du doch“, segg ik, „wiel ik för de jümmer wat schrieven do.“

„Jo, denn köönt wi de anner jo afbestellen“, seggt se.

„Nee, dat geiht nich“, segg ik, „de bruuk ik wegen Klatsch un Traatsch. Ik mutt doch weten, wat allens so in de Naverschop passeert. Dat is ok wichtig.“

„Oh nee – Mannslüüd!“, höör ik noch, un denn is dat Thema eerstmal dör.

Aver jüst nu is Donnersdag, un dor kümmt jümmer düsse dicke Wochenzeitung.
„Un woto bruukt wi düt hier eenmal in de Week ?“, seggt mien Fro un kümmt mit ’n dicken Packen Poppier ünnern Arm üm de Eck.
„In de letzten dree Nummern hest du nich eenmal rinkeken, un nu is de nee al dor. Schall ik de glieks wechsmieten oder schall ik de achter dien Schrievdisch leggen, dat du de tokamen Week wechsmieten kannst, ohn dat du dor ok bloots een Siet vun leest hest.“
„Dat is nich wohr“, segg ik, „dor sünd mennigmal Artikel binnen, de sünd ok ’n poor Weken later noch aktuell. Legg dat dor maal hen.“
Aver wat is överhaupt mit de Reklame ? Hett mien Fro de villicht al wechsmeten, ohn dat ik de sehn heff ? Ik meen – ok wenn ik mi in ’n Ogenblick keen Teppich köpen will un ik mi ok noch nienich ’n Pizza in ’t Huus bestellt heff, ik mutt doch weten, wat so loos is op de Welt un dat Angebott proven un de Priesen verglieken !
Haach jo ! – Dat mit de Poppierfloot is mennigmal gräsig, un so ’n lütt beten Schuld heff ik dor jo villicht ok an. Ik smiet soveel wech un heff dat gor nich leest. – Aver wenn ik Poppier wechsmieten do, denn kümmt dat nich in ’n Müllammer – nee, denn kümmt dat jümmer in ’n Poppiercontainer !
Un tominnst dat maakt mi dat Geweten denn ’n lütt beten lichter.

BALLSAISON

Güstern is mien Fro an ’t Klederschapp gahn un hett so ’n grote Plastiktüüt ruthoolt. Un wat dor binnen is, dat weet ik: Dat is mien Smoking. Jo, ik heff ’n Smoking, un dat siet lange Tied. Dat Ding is so old, de is in de Twüschentied tominnst dreemal unmodeern un achterran wedder modeern worrn. In ’n Ogenblick is he woll ’n beten unmodeern – tominnst hett mien Fro dat seggt. Aver ik verstah dat nich: Hüüt kann ’n doch antrecken, wat ’n will. ‚Individuell‘ is dat – oder villicht ok ‚nostalgisch‘.

Oh nee, elkeen Johr geiht dat so, un dat al siet lange Tied: „Ik bruuk keen neen Smoking“, segg ik denn, „de ole is doch noch nich opdragen, dat is rutsmeten Geld. Wi Mannslüüd sünd eenfach un bescheiden – nich so as de Froonslüüd.“

„Holl doch op“, seggt mien Fro, „dat gifft anner Froons, de geevt veel mehr Geld ut för Klamotten as ik. Un wenn ik jümmer mit densülvigen Fummel opkrüüz, denn fallt dat ok op di trüch, vergeet dat nich.“

Na jo, ’n lüttbeten stimmt dat jo, dat seh ik in. Aver för mi ’n neen Smoking, nee, dat mutt doch nu würklich nich sien.

„Kiek maal op de Inladung“, segg ik, „steiht dor Smoking oder blots dunkle Antog, häh ? – Na bidde, heff ik doch wusst: Dunkle Antog, dat langt. Denn treck ik den neen blauen an, den mit de West. Un denn 'n neen Slips dorto, dat is wunnerboor."

„Dat kümmt överhaupt nich in Fraag", seggt mien Fro, „so gah ik mit di nich loos. Ik hang di den Smoking rut. Un do mi een Gefallen: Probeer den vörher an! Nich dat di naher 'n Knopp afgeiht oder de Büx to eng is. Un wenn de nich mehr passt, denn gifft dat 'n neen."

Jo, un güstern heff ik heemlich de Büx antrocken – un wat schall ik seggen: De mutt inlopen sien! Denn mien Been sünd jo woll nich länger worrn in dat een Johr. Un tonahmen heff ik ok nich soveel, dat kann ik mi gor nich vörstellen.

Un nu mutt ik mi dat överleggen: Segg ik dat vörher, denn is dat so seker as man wat, dat wi den annern Dag to 'n Antog-Köpen ünnerwegens sünd. Un segg ik nix, denn gifft dat op jeden Fall Krach an den Avend vun de Inladung, fief Minuten ehr dat wi ut de Döör gaht. Un wat dat bedüden deit, dat weet ik: As Utgliek un to de Versöhnung mutt ik denn den helen Avend dat Danzbeen swingen.

Ik weet noch nich, wat ik maak. Denn op de anner Siet: Wenn ik veel danz, denn kunn dat good sien, dat ik achterran wedder in de Büx rinpassen do.

Un denn heff ik wedder mien Roh – tominnst för een Johr.

KLAMOTTEN

„Wat hest du dor denn för ’n Hemd an!“, seggt mien Fro. Un se seggt dat in en Toon, dat ik ganz genau weet, dat se nich weten will, wat dat för ’n Hemd is – kann se jo sehn, wat dat för een is, hett se mi sogoor sülfst maal köfft, glööv ik. Nee, dat schall heten: Dat Hemd kannst du doch nich mehr antrecken, sühst du dat denn nich! – Dat heet dat, dat weet ik wiss, wiel ik dat kenn.
„Woso“, segg ik, „dat is doch noch good? Passt noch wunnerboor an ’n Hals, nich to eng un gor nix. Un dat hett ok maal veel Geld kost.“
„Liekers, dat kannst du nich mehr antrecken! An ’n Kragen is dat afschüürt. Un alleen düsse Kragen – modeern is de ok nich mehr. Un de Pullover, den du doröver hest, de kann ok in de Kledersammlung, as de utsüht. De is jo noch ut de Tied, as eng modeern weer. Wo hest du den blots utgraven!“
„De kümmt op keen’ Fall in de Kledersammlung, de is noch good. Denn beholl ik em even för ’n Urlaub. Wenn dat an ’n Avend an ’n Strand maal ’n beten kold is, denn is de wunnerboor. Oder för ’n Keller, wenn ik dor maal oprümen do.“
„Oh, dat is överhaupt ’n gode Idee, dat du dor maal bigeihst bi düsse Eck, wo allens dör’nanner liggt vun di.“
„Vun mi? Dat is nich blots vun mi, wat dor liggt. Dor is ok vun di wat bi, dat weet ik wiss.“

Nu harrn wi jo dat richtige Thema. Tominnst kunn ik op de Oort mien Fro vun de Snackeree över mien Klamotten so ’n lüttbeten afbringen.
„Jo, düsse ole Strickmaschien to ’n Bispill, de is nich vun mi, de is vun di. Ik kann gor nich stricken, al gor nich mit ’n Maschien !“
„De Strickmaschien ? De wullt du doch repareeren un denn in ’t Blatt setten un verköpen.“
„Jo, aver dor sünd jo gor keen Ersatzteile mehr för to kriegen, so old as de is.“
„Good“, seggt mien Fro, „denn kümmt de Strickmaschien op ’n Müll. Aver achterran gaht wi an dien Klederschapp. Un denn kiekt wi maal all de Klamotten vun di dör. Un all dat, wat nich mehr so good is oder wat du sowieso nich mehr drägen deist, dat geevt wi denn na de Kark. De schickt jümmer Pakete na Polen, un dor gifft dat noog Lüüd, de sik över sowat freit. Dat schall jo nich in de Müllverbrennung !“
Dor kunn ik jo nu nix gegen seggen. Aver ’n poor Büxen un Hemden un Pullover heff ik noch bisiet bröcht. Blots nu is dat soveel, dor kunn ik söben Daag achter’nanner den Keller oprümen un elkeen Dag anner Kledaasch antrecken.
Un wenn mien Fro dat rutkriggt, denn geiht bestimmt tokamen Week wedder ’n Paket na Polen, dor kannst op af.

TRIMMGERÄT

Egentlich heff ik jo sülfst Schuld. Worüm heff ik ok so lang vör den groten Spegel in de Slaapkamer stahn. Un as mien Fro rinkeem, dor heff ik genau sehn, dat dat vun ehr blots so ’n lüürlütten Blick weer. Un denn düsse troschüllige Blick, un denn de Fraag: „Segg maal ... kann dat angahn, dat du ’n beten toleggt hest in ’n Urlaub ?“

„Ik ?“

„Jo, du. Oder is noch anners een hier bi uns in de Slaapkamer ?“

„Mein Zeit“, segg ik, „is dat hier ’n Verhöör oder wat !“

„Oh, Tschülligung ! Ik heff doch gor nix seggt. Ik heff doch blots fraagt“, seggt mien Fro.

„Jo, graad düsse Oort vun Fraag, de kenn ik !“, segg ik. „Dat is keen Fraag, dat is ’n Gemeenheit. – Jo, ik heff tonahmen in ’n Urlaub – dree Kilo. Aver dor sünd annerthalv al lang rünner, dat du dat man weetst.“

„Ach, du bruukst eenfach mehr Bewegung“, seggt mien Fro, „du sittst veel to veel rüm. Do doch maal wat för di !“

Jo, do wat, do wat, dat is good seggt ! – Joggen ? Ik weet nich, lopen weer noch nie mien Ding. Sportvereen ? Ach, heff ik jo gor keen Tied to. Wenn överhaupt, denn mutt dat wat sien, wat ik hier in ’t Huus maken kann, un wat nich veel Tied bruken deit, un wat ok nich veel Platz innimmt.

Jo – un jüst dat keem annerletzt in ’t Werbefernsehen: dat „Multi-Trimm-Gerät“ ut Amerika! Blots dreemal in de Week ’n Veddelstünn, dat langt, seggt de Keerl mit de dicken Oberarms. Un de Blondine achterran wiest noch, dat ’n dat bannig licht opboon un ok wedder tosamenklappen kann un ganz eenfach ünner’t Bett schuven. Un „Rückgaberecht“ – söss Weken! Also, wenn söss Weken nich langt, sowat uttoprobeern, denn weet ik ok nich.
Jo, un nu heff ik so ’n Dings. Ünner’t Bett passt dat, dat stimmt. Aver dat is ok dat Eenzigst, wat so is as in den Film domaals. Alleen dat Dings dor ünner vör to kriegen is en aasige Wörgeree. Woans de Blondine dat in den Film mit twee Fingers henkregen hett, dat mag de Düvel weten, swoor as dat Schietdings is. Un twüschendör maal so ’n Veddelstünn ropsetten, dat is licht seggt. So lang duurt dat al bi mi, den Apperaat ruttokriegen un optoboon.
Un wiel nu de söss Weken vunwegen „Rückgaberecht“ aflopen sünd un dat Dings jümmer noch bi mi rümsteiht, dor segg ik mi: Ach, annerthalv Kilo – so veel sünd dat jo nu ok wedder nich. Un wenn dat würklich maal eensdaags mehr warrn schull, denn heff ik jo jümmer noch ’n Multi-Trimm-Gerät ünner mien Bett liggen. Un denn bün ik villicht froh, dat ik dat domaals nich trüch schickt heff.

KRANK

„Wat is mit di denn loos“, seggt mien Fro, „hest jo ganz dicke Ogen. Hest du sopen güstern Avend ?“
„Sopen, ik – hoh ! Tee heff ik drunken den helen Avend, anners nix.“
„Un woso hest du dicke Ogen ?“
„Ik bün krank“, segg ik. „Ik krieg ’n Erkältung !“
„Och Gott“, seggt mien Fro, „’n Snööf, du leve Himmel ! Du starvst mi jo woll nich ünner de Hann wech ? Schall ik den Dokter ropen oder glieks ’n Bett in ’t Krankenhuus bestellen ?“
„Maak di man noch lustig“, segg ik. „Wat dat ’n harmlose Erkältung is, dat is noch gor nich rut. Dat gifft Viruserkrankungen, de sünd so achtertücksch, dor gifft dat noch nich maal Medikamente gegen ! In de Tropen un so – to ’n Bispill.“
„In de Tropen, aha. Un wannehr büst du toletzt in de Tropen west ?“, fraagt mien Fro. Un ehr Gesicht wiest mi, dat dat keen Fraag is, sonnern de diskrete Henwies, dat ik mi nich so anstellen schall.
Ik segg: „Malaria to ’n Bispill, steiht jümmer wedder in de Zeitung, dat markt ’n normalen Dokter gor nich. De denkt, dat is ’n harmlose Grippe. Un denn is dat jichenswann to laat.“
„Jo jo“, seggt mien Fro un schuult so vun de Siet röver. „Kennst du egentlich dat Theoterstück ‚Der eingebildete Kranke‘ ?“

„Pah“, segg ik, „deit mi leed, op düt Niveau laat ik mi op keen Ünnerhollung in. Ik weet genau, wo du op anspeelst.“

Jümmer de olen Kamellen: de Kopppien domaals, as ik seker weer, dat dat Gehirntumor im Endstadium is. Un dat anner Maal, as ik op Gallenkolik oder Bauchspeicheldrüsenkrebs tippt heff, un denn hett dat blots an dat scharpe Eten legen. Aver nu maal ehrlich, is dat ’n Grund, mi mit mien Lieden nich eernst to nehm’ ? Wenn ’n krank is, denn is ’n krank, dor kann ’n sülfst överhaupt nix för.“

Aver ik segg nix mehr ! Jo, ik kann ok still lieden, so is dat nich. Mannslüüd sünd tapfer, dat is genetisch bedingt. Un Froonslüüd nehmt dat nich eernst, dat is woll ok genetisch.

Denn as dat Telefoon bimmelt un Dörte an ’n Apperaat is un mi fraagt: „Na, wo geiht ?“, dor segg ik: „Slecht, ik krieg ’n Erkältung !“

Un dor hett se blots lacht un seggt: „Jo jo, typisch Mannslüüd. Bi dat lüttste Wehwehchen glöövt se jümmer, dat geiht an ’t Starven. Bi mien Mann is dat jüst so.“

Aver dor heff ik gor nix mehr seggt. Dor heff ik still den Telefoonhörer na mien Fro röverlangt un bün in ’t Bett gahn. Denn mien Ogen sünd so dick – un dat dat nich vun ’t Supen kümmt, dat weet ik wiss.

Un so ’n Erkältung, dat kann ok wat Eernstes sien, so slecht as ik mi föhl !

UTLANDSCH ETEN

Urlaub in 't Utland bringt jo dorüm so veel Spaass, wiel 'n dor so fien utlandsch eten kann. Un wenn 'n denn wedder to Huus is, is dat natüürlich wunnerboor, wenn denn jüst 'n Restaurant ut dat Urlaubsland üm de Eck is. Överhaupt is Etengahn 'n fine Saak. Bruukt 'n nich kaken to Huus, kann 'n sik maal so richtig bedeenen laten – do ik to geern, sowat.
Aver dat gifft jo so veel Länner op de Welt, kann 'n gor nich överall Urlaub maken. Un gifft jo ok so veel utlandsche Restaurants hier bi uns, kann 'n gor nich all kennen. Un gifft jo ok so veel utlandsch Eten in düsse Restaurants, kann 'n gor nich all utprobeert hebben. Dorüm is dat nich slecht, wenn 'n Lüüd kennt, de veel rümkaamt, de denn ok jümmer wat to empfehlen hebbt.
Dat Probleem is jo blots: Över Smack kann 'n nich strieden, dat is jedeen sien egen Saak ! Wat för den een graad dat Pikante is, dat is för den annern villicht 'n beten bannig pikant. Un wenn de een seggt: „So düür is dat dor nich, över de

Priesen kannst nich meckern“, denn seggt de anner villicht: „Wat, soveel Geld för Eten ? Nee, dat geev ik nich ut, dat freet ik dor jo gor nich af !“

Aver ik heff jo to ’n Glück Margit un Heiner. Se mag nich geern kaken, he mag geern eten, Kinner hebbt se nich, beid verdeent se Geld – mit anner Wöör: Se köönt sik dat leisten, veel wechtogahn. Un se dot dat ok. Un se köönt natüürlich ok verglieken, se hebbt den Överblick sotoseggen. Un wenn Margit un Heiner seggt: „Dat is de beste Chinees, de beste Türke, de beste Italiener“, also, denn probeer ik dat ut, dat is för mi so kloor as man wat.

Annerletzt to ’n Bispill hett Margit to mi seggt: „Kennst du egentlich düssen neen Türken bi uns ? Muttst du unbedingt probeern. Vörwech muttst du nehmen: ‚Der Esel schreit auf dem Bazar‘, dat is so ’n witten Kraam op Joghurt-Basis. Un as Hauptgericht: ‚Der Imam fällt in Ohnmacht‘.“

„Wat ?“, segg ik.

„Jo, dat heet so“, seggt Heiner, „mark di dat. Un as Nachtisch muttst du unbedingt nehmen: ‚Suleikas Tanz um Mitternacht‘.“

„Büst du seker, dat dat ’n Restaurant is ?“, segg ik.

„Jo, kloor“, seggt Margit. „Aver wenn du dat nich wullt, denn gah doch to den Chinesen in de Taubenstraat. Dat is de best. Dor muttst du A

sossteihn nehmen, A sossteihn, mark di dat. Also, sowat Leckeres hest du noch nich eten."
„Aver mit 'n duppelte Portschoon B dree, muttst du dorto seggen!", seggt Heiner achterran.
Güstern harr ik Hunger un weer jüst an 'n Överleggen, wat ik mi villicht 'n Pizza kamen laat oder sowat, dor klingelt dat, un Ulli steiht in de Döör.
„Kümmst mit, wat eten? Goldbarsch mit Gurkensalaat ünnen an 'n Haven?"
„Wat?", segg ik, „dat is dor doch siet över veerteihn Johr dat Tagesgericht."
„Jo", seggt he, „aver dat is jümmer frisch. Un dor weet 'n, wat 'n hett."
Tjä, wat schall ik seggen – ik bün mit em mitgahn. Un nu mutt Suleikas Tanz mit 'n duppelte Portschoon A sossteihn eben noch 'n beten töven. Aver jichenswann maak ik dat nochmal. Denn utlandsche Köök utprobeern maakt Spaass. Un Margit un Heiner, de kennt sik ut, vun de laat ik mi jümmer geern wat empfehlen. Un wenn de ut 'n Urlaub trüch sünd, denn duurt dat nich lang, denn hebbt de 'n neen Tipp för mi, dor bün ik temlich seker.

ANSICHTSKORTEN

Nu kümmt jo bald de Urlaubstied. Un mit de Urlaubstied kümmt ok jümmer wedder dat Thema: ‚Ansichtskorten'. Ik schriev jo keen Ansichtskorten, nee, do ik nich – egentlich nich, mutt ik seggen. Af un an go ik dor jo doch maal ran, denn de keen Korten schrifft, de kriggt ok keen. Un ik finn dat jo to schöön, wenn ik af un an maal 'n Ansichtskoort in mien Postkassen heff.

Egon to 'n Bispill, de reist veel un jümmer wiet wech, un vun em krieg ik jo to geern Korten, wiel he jümmer een in 'n Sinn hett. Dat kann passeern, dat vun em 'n Koort ut China kümmt, afstempelt in Peking, un op de Koort is de Kölner Dom op. Oder een ut Argentinien, un op de Koort steiht: Gruss aus Teneriffa. Un he sülfst schrifft denn blots „Ätsch" oder he maalt 'n Gesicht, wo een de Tung rutsteken deit. Jo, dat is typisch Egon.

Bettina is dor jo ganz anners. Vun ehr krieg ik ut Spanien jümmer 'n Kunstkoort, de is sorgfältig utsöcht, jümmer veel Text – blots is dor denn meist 'n düütsche Breefmarke op, un afstempelt is se hier bi uns. Hett se maal wedder ehr Adressbook to Huus liggen laten. Un denn bringt se de Korten all mit un smitt se hier in 'n Postkassen – elkeen Johr datsülvige.

Fiete wöör sowat jo nich passeern. Nee, he is jo de grote Computer-Fan un Systematiker. Vör de

Afreis stellt he ’n grote Adress-List tosamen, maakt ’n Opkleber-Bogen fardig, druckt em ut un nimmt em mit in Urlaub. Un dor ward blots aftrocken, opbackt un fardig. Överall Einheitstext rop: Gruss ut So-un-so – keen Wort mehr. Dorför is de Adress korrekt, un he hett ’n Koort schickt – dat mutt langen, seggt he.
Josef schickt jo ok af un an ’n Koort, wenn he mit sien Kumpels ünnerwegens is. Aver wat ik vun em krieg, dor is dat Enn vun wech. Eerstmal is dor jümmer ’n nakelte Deern oder sowat op. Un denn kümmt de Koort jümmer eerst an, wenn de Bagaasch al lang wedder hier is – Adress hett he blots so ungefähr un ut ’n Kopp schreven: Postleitzahl verkehrt, Huusnummer verkehrt. Un wat dor opsteiht, dat is wegen de velen Rotwienplacken jümmer bannig swoor to entziffern.
Jo, dat sünd so de Korten, de bi mi intrudelt. Un wiel dat för mi jümmer wedder to schöön is, wenn ik sowat in mien Postkassen finnen do, dorüm mutt ik dor woll ok af un an maal ran.
Denn de keen Koort schrifft, de kriggt sülven ok keen, dat is nu maal so.

INBREKERS

Is jo nu nich mehr lang hen, denn fohrt wi in Urlaub. Un ik mark, dat mi dat nu al dör 'n Kopp geiht, wat woll is, wenn in de Twüschentied bi uns to Huus inbroken ward. Gifft jo nich veel to holen, aver dat weet so 'n Spitzboov jo nich vörher, wat he bi uns finnen kann un wat nich – un steiht jo so veel in de Zeitung – un rein statistisch sünd wi jo villicht ok maal fällig.
Un denn langt dat jo ok, dat he allens dör'nannerbringt, as domaals bi uns Naver. De hett ok jümmer seggt: Bi mi is nix to holen !
Un to 'n Sluss is dor 'n Schaden vun över teihnduusend Mark tosamenkamen, hett 'n vörher ok nich dacht.
Denn vör luter Arger, dat nich mehr to holen weer, hebbt de Bambusen noch or'ntlich veel twei maakt.
Ik heff jo jümmer dacht, dat Eenzigst, wat bi uns 'n beten Wert hett, dat is sowieso blots dat Klavier. Un dat kann 'n jo nu nich so eenfach ünnern Arm klemmen un afhauen. Un allens annere ward nee köfft, woto hebbt wi denn 'n Versekerung. Aver wenn ik dat so richtig bedenk: 'N poor Saken gifft dat doch, vun de ik nich will, dat de eensdaags eenfach so wech sünd.
Villicht schull ik jo vör 'n Urlaub dat allens tosamenpacken un denn versteken – aver wo ? Twüschen de Wäsch in 't Klederschapp villicht ? Oder

in ’n lütten Karton un denn rin in de Deepköhltruhe?

„Quatsch“, seggt mien Fro, „so ’n richtigen Inbreker, de lacht sik doot över sowat. Dat is jo woll dat Eerste, wo he söken deit.“

Villicht maak ik dat so: Ik schriev ’n groten Zeddel, den legg ik bi mi op ’n Schrievdisch. Un dor steiht denn op: „Leve Inbreker, bidde nix kaputtmaken, ik segg ok freewillig, woneem allens is: Smuck hett mien Fro allens mit, beten Borgeld is in ’n Schrievdisch rechts ünnen, Spoorbook sünd blots söbentich Mark op, lohnt also nich, Schecks heff ik nich mehr, Kreditkorten hebbt wi in ’n Urlaub mitnahmen. Un de lütte Figur op dat Klavier, de süht blots so ut, as weer dat Elfenbein, in Würklichkeit is dat billigen Kunststoff.“

„Gode Idee“, seggt mien Fro, „denn wüllt wi man de Dumen drücken, dat to uns keen Kosovo-Albaner kaamt oder ’n rumänsche Kinnerbande. Denn de köönt keen Düütsch.“

Haach, ik weet ok nich, wat ik maken schall. Villicht sluut ik de Döör överhaupt nich af. Wenn denn eensdaags würklich een bi uns opkrüüzt, kann he glieks direkt inmarscheeren, verhinnern kann ik dat doch nich. Un denn heff ik tominnst keen kaputte Finsterriegel, un den Arger mit dat nee Döörslott heff ik denn ok noch spoort.

EMPFEHLUNG

För Urlaubslänner geev ik keen Empfehlung – nee ! Un för Restaurants ok nich. Un eerst recht nich för Dokters. Jo, woso schall ik denn verraden, wohen ik in Urlaub fohr, woneem ik eten gah un wat mien Dokters sünd ? Hett lang noog duurt, dat ik dat allens för mi sülven rutfunn' heff. Schüllt de annern sik doch gefälligst ok 'n beten Möh geven !

Aver nu hett Ulli, mien Naver, Tähnpien. Un wat noch leger is as Tähnpien, dat is, wenn du keen anstännigen Tähndokter hest – oder Kusenklempner, as mennigmal seggt ward. Un Ulli sien olen Dokter hett sik to Roh sett un arbeidt nich mehr.

Un nu kümmt he bi mi an: „Segg maal, weetst du nich 'n anstännigen Tähndokter ?"

Jo, un nu bün ik in de Kniep. Wat schall ik to em seggen – de Wohrheit ? Jo, ik kenn een, de is good – tominnst bün ik mit em tofreden, un dat nu al siet över fiefuntwintig Johr. Aver schall ik dat so eenfach priesgeven ? Ik weet nich. Ik wull doch keen Empfehlungen mehr geven. Un för Dokters eerst recht nich siet de Geschicht domaals mit Wolfgang.

Dor harr Wolfgang dat in't Krüüz. Un ik heff dacht, ik do wat Godes, wenn ik em mien Orthopäden smackhaft maak.

„Dat is 'n Wunnerdokter", segg ik, „de renkt di de Wirbelsäule in – fantastisch ! Fröher bün ik twee Weken an ’n Stock rümlopen, un nu, siet ik em kenn, dor renkt he mi in, un ik föhl mi as nee geboren. Frei di, dat ik dat rutfunn heff un di de Adress geef. Dat is ’n Geheemtipp !“

Jo, un denn is Wolfgang hen to em. Un annern Dag röppt he mi an: „Also pass maal op, dien Dokter, du, dat is villicht ’n Grobian ! Wat de mit mi maakt hett ! Gräsig weer dat ! Un ik heff mi so op di verlaten. Ik meen, wenn du di sowat gefallen lettst – bidde, dat is dien Saak. Aver ik gah dor nienich wedder hen, dor verlaat di to.“

„Mein Zeit“, segg ik, „meenst du, ik krieg Perzente, wenn du dor hengeihst ? Söök di doch vun nu an dien Dokters sülfst ut ! Ik geev nienich wedder ’n Empfehlung för ’n Dokter !“

Un nu wull Ulli ’n Empfehlung för ’n Kusenklempner hebben.

Na jo, ik heff em de Adress vun mien Dokter geven. Aver dorto heff ik seggt: „Du, wenn ik ehrlich sien schall, so good is de ok nich. Un wenn du maal wat Beteres finnen deist, segg man Bescheed. För ’n goden Tipp, wat Dokters angeiht, bün ik jümmer för to hebben.“

Jo, un nu kann ik in Roh aftöven. Wenn he tofreden is, heff ik bi em ’n Steen in ’t Brett, un wenn nich, denn heff ik dat jo glieks seggt. Denn för dree Saken geev ik al lang keen Empfehlungen mehr: Urlaubslänner, Restaurants un Dokters.

MÜCKEN

Urlaub in 'n Süden, dat is 'n fine Saak. Endlich kann 'n dat Finster apen laten in de Nacht, hööört dat Meer oder de Grillen, dat Tuten vun de Dampers oder dat Blöken vun de Schaap. Un denn is dat ok veel gesünner, wenn 'n de Finster apen lett.

Den annern Dag hett 'n keen dicken Kopp, un wenn du Glück hest, denn kickt an 'n Morgen villicht sogoor de Sünn in de Slaapstuuv.

Aver een Nadeel hett dat, wenn dat Finster apen is, sünnerlich in'n Sommer.

Denn kümmt dor nich blots frische Luft rin – nee, mennigmal kriggst du ok Besöök. Un dat is een, den 'n nu würklich nich hebben will, un wo 'n sik jümmer wedder fraagt, wat sik de leve Herrgott dor egentlich bi dacht hett, sowat Gräsiges in de Welt to setten.

Ik segg blots:

Sssssssssssssss !

Na good: Wo dat Malaria gifft un Slaapkrankheit un sowat, dat is wiet wech. Aver unangenehm is dat allemal, un jucken deit dat fix, wenn se di faat kregen hebbt, düsse Öös, ok wenn dat villicht na een, twee Daag wedder vörbi is.

Un dat Slimmste is jo ok gor nich, wenn se di bieten dot, dat Slimmste is jümmer wedder düsse Toon, düsse Frequenz, de sik över 't Ohr direkt in dien Brägen bohren deit:

Ssssssssssssssss !
Un nu ik in mien Sommerurlaub. Un buten allens so sinnig un geruhig. Un ik so kommodig an 't Inslapen.
Mit'n maal – ik dacht, dat kann doch woll nich wohr sien:
Ssssssssssssssss !
Ik de Deek över'n Kopp, Fööt antrocken, Arms na binnen, blots nix Barftet rutkieken laten. Denn na 'n Wiel vörsichtig de Nees wedder na buten:
Ssssssssssssssss !
Ik Licht an, kieken. Nix !
Licht wedder ut.
Ssssssssssssssss !
Ik Licht wedder an, kieken. Wedder nix.
Licht wedder ut.
Ssssssssssssssss !
Ik Licht an, rut ut 't Bett – un dor, dor an de Deek: 'n swatten Punkt !
Ik 'n Stohl hoolt, rop op den Stohl, rünner. Stohl op den Schrievdisch, rop op den Schrievdisch, rop op den Stohl. Wedder rünner, in 't Bad, 'n Handdook natt maakt. Wedder rop op den Schrievdisch, rop op den Stohl.
Un denn uthoolt un mit dat Handdook jümmer ropprügelt op düssen swatten Punkt, so dull as dat man güng.
Na good, dat ik mit den Stohl ümflogen bün, dat weer nich so slimm. Ik bün jo op 't Bett fullen,

un dor is dat week. Un düsse swatte Punkt, dat weer blots ’n beten Dreck, den de Elektriker nalaten hett.
Aver mien Finster heff ik ok den Rest vun mien Urlaub liekers apen laten. Blots annern Dag bün ik in de Stadt lopen un heff versöcht ruttokriegen, wat ‚Mückenspray‘ in de Landesspraak heten deit.
Denn Urlaub in’n Süden, dat is egentlich ’n fine Saak. Un den will ik mi ok nich verdarven laten – al gor nich vun düssen Toon, den ik op ’n Dood nich afkann:
Sssssssssssssss !

WEDER

Snacken do ik över allens, wenn 't sien mutt. Aver ik snack nich över 't Weder ! – Doch, do ik natüürlich ok, alleen dorüm, wiel dat jo Lüüd gifft, mit de 'n sowieso över nix anners snacken kann. Un Weder is nu maal dat Thema Nummer Een bi uns, dat is so. Bi 'n Koopmann, in de S-Bahn, op de Arbeit oder op 'n Party – över wat ward toeerst snackt ? Över 't Weder.
Ik meen, mennigmal is dat jo gor nich verkehrt. To 'n Bispill wenn 'n mit jichenseen in Kontakt kamen will un gor nich so recht weet, woans 'n dat anfangen schall, denn kann 'n jümmer seggen: „Also, för düsse Johrstied is dat jo in de letzte Tied bannig kold west, meenst nich ok ?“ Oder bannig warm oder dröög oder natt – kann 'n jümmer dat insetten, wat graad passt. Un denn hett 'n eerstmal wat to 'n Snacken – is doch gor nich maal so slecht !
Blots denn kaamt jo mehrstieds de Lüüd an, för de uns Weder jo blots jümmer gräsig is, för de dat Weder annerswo op de Welt veel beter is as bi uns. Un wat sünd dat för Lüüd ? Meist sünd dat jüst de, de vun Teneriffa un Mallorca swöögt, dat dat dor so wunnerschöön is un so warm un de Heven so blau un de Avende so lau – un dat sünd de eersten, de jammert un blarrt, wenn hier bi uns in 'n Sommer maal 'n poor hitte Daag sünd.

Un de mi vun de Alpen un vun Österreich vörswarmt, dat dat dor so wunnerboor is, wenn dat kold is, un Snee un Ies so fien, un avends in de Hütt so gemütlich, wenn buten de Wind huult – dat sünd wedder de eersten, de jammert un blarrt, wenn wi hier bi uns in'n Winter maal twee Daag knackige Küll hebbt, un de Snee op de Straten nich gau noog wechmaakt ward.
Un denn segg ik jümmer: „Mein Zeit, wat wüllt ji denn! Op de een Siet heet dat: Winter ohn Snee is keen richtigen Winter. Aver wenn denn maal 'n beten Snee daalkümmt, denn is dat glieks 'n Snee-Katastrooph. Un de Sommer mutt warm sien, anners is dat keen Sommer. Aver wenn de Sünn maal 'n beten höger stiggt bi uns, denn is dat glieks 'n Hitze-Welle."
Ik segg jo: De gode Petrus oder wokeen ok jümmer för 't Weder tostännig is, de kann maken, wat he will, dat gifft Lüüd, de hebbt jümmer wat uttosetten. Un dorüm segg ik: Wenn een Sünn hebben will, schall he na Spanien fohren, un wenn een Snee un Ies hebben will, schall he in de Bargen gahn. Un in de Twüschentied hebbt wi hier bi uns dat Weder, wat graad is – un so slecht is dat ok nich.
Un över Weder snack ik sowieso nich, heff ik jo al seggt.

ANNER LÄNNER – ANNER SITTEN

Urlaub hebbt wi nödig, Urlaub bruukt wi, ohn Urlaub ward wi krank. Un op Urlaub hebbt wi 'n Recht, un düt Recht laat wi uns ok nich wechnehmen. Also, Urlaub is egentlich 'n wunnerbore Saak. Denn Urlaub is de Tied, wo 'n nix doon mutt, wo 'n de Been hoochleggen, de Seel bummeln laten un sik dat maal so richtig good gahn laten kann.

Un denn is dat jo ok so, dat wi hier bi uns Urlaub hebbt so lang as keeneen anners op de Welt. Un de Priesen, mit 'n Fleger jichenswo hentoflegen, de sünd noch nie so lütt west as nu. Un wenn wi 'n beten söken dot, denn findt wi in elkeen Eck vun de Welt 'n smuckes Hotel mit fien Eten un Drinken un, wenn wi wüllt, witten Strand vör de Döör opto.

Un doch heff ik mennigmal dat Geföhl, dat dat Lüüd gifft, de mit Urlaub överhaupt nix anfangen köönt, de froh sünd, wenn de Urlaub wedder vörbi is. Denn woso ward in 'n Urlaub mennigmal Saken maakt, de 'n anners freewillig nienich maken wöör? Dor fohrt de Lüüd to 'n Bispill to 'n Ballermann, nöömt dat „Party-maken" – un denn ward sopen, bet de Dokter kümmt. Oder se bookt: allens inklusiv – un denn ward eten un drunken, soveel as man ringeiht, bet een slecht is – is jo allens betahlt un kost nix un hett sik anners jo nich lohnt.

Oder de Lüüd versöökt, sik vun ’n eersten Dag an so richtig to argern. Un knapp dat se ut ’n Urlaub trüch sünd, marscheert se to de Gerichten un versöökt, den Veranstalter to verklagen un wedder ’n beten Geld trüchtokriegen:
Besopen Keerls nachens an de Bar, de Leeder singt un ok noch ut England kaamt? – Reisemangel!
De Zeeg vun ’t Navergrundstück hett mit sien Horn stött? – Schmerzensgeld!
Lütte Kinner un Hunnen an ’n Nevendisch? – Entgangene Urlaubsfreude!
Wüstentour un denn Sand in ’t Auto? – Geld trüch.
Jo, staht jümmer wedder in ’t Blatt, düsse Geschichten, heff ik mi nich utdacht. Dat is allens vör Gericht gahn, sowat. Aver to ’n Glück hebbt de Richter mehrstieds de Lüüd versöökt kloortomaken, dat ’n nich unbedingt den Anspruch hebben kann, dat dat överall op de Welt so is as to Huus, un dat anner Länner af un an ok anner Sitten hebbt.
Ik meen, is doch schaad, dat dor de Lüüd nich sülfst op kaamt, dat sowat eerst ’n Richter seggen mutt. Ik op jeden Fall, ik frei mi op mien Urlaub.
Un dor laat ik mi dat aver so richtig good gahn, ganz egaal, wat üm mi rüm passeert.

De leve Verwandtschop

TANTE ULLA UN KUMPELMENTE

Wenn de leve Verwandtschop tosamenkamen deit, denn geiht de Snackeree natüürlich hen un her. Un wenn een wat Nettes seggen deit, denn hebbt wi dat geern, dat is jo woll kloor. En Kumpelment möögt wi all geern hören. Un op de anner Siet, wenn uns een argert un 'n Frechheit looslett, dat möögt wi nich so geern hebben, dat is ok kloor. Blots mennigmal is de Weg bannig kort, op den ut so 'n Kumpelment stantepee 'n Frechheit warrn kann.

Tante Ulla to 'n Bispill – seggt se to mi: „Also, dat Jackett, wat du anhest, nee, dat gefallt mi dütmal aver nu würklich. Jo, dat is nu maal een, dat di so richtig good steiht !"

Jo, wat schall ik dor nu vun holen? Is dat 'n Kumpelment ? Dor will se jo woll ok mit seggen, dat na ehr Meenen mien annern Klamotten, de ik so drägen do, all gräsig sünd.

Aver dat heff ik mi jo nich gefallen laten, ik kann so 'n Kumpelment jo good trüchgeven: „Du, Tante Ulla, dien Kleed, dat mag ik ok geern lieden. Schaad, dat dat nich in dien Grötte dorwest is. Oder hest du ’n beten toleggt in de letzte Tied? – Maakt nix. Ik finn, dat di dat Pummelige good steiht. Un wat annerletzt Unkel Erwin över di seggt hett, dat du jo woll gräsig ut ’n Liem gahn büst – nee, so slimm is dat nu würklich nich.“

Kiek, so eenfach geiht dat. Is doch allens nett un fründlich – oder?

Nee, de Verwandtschop kriggt mi nich lütt, ik kenn dat jo vun de Schauspeelers, de sünd ok jümmer nett een to’nanner.

Wenn ik ’n Kolleeg nich lieden kann, denn kunn ik jo to em seggen: „Mann, in de letzte Rull, in de ik di sehn heff op de Bühn, dor weerst du villicht slecht!“

Dat segg ik aver nich, dat geiht anners, veel achtertückscher. Ik gah op em to, grien em an un segg: „Du, ik mutt di ganz ehrlich seggen, mi hest du good gefullen. Ik weet würklich nich, wat all de annern Kollegen harrn. Nee, so slecht weer dat würklich nich, wat du maakt hest.“

Kiek, dat is doch ’n Kumpelment. Oder nich? Op jeden Fall argert de anner sik gröön un blau, dor kannst op af. Jo, ik heff begrepen, as dat aflopen deit. Un ik heff jümmer wat praat, wat ik antern kann, dat opletzt över den annern un nich över mi lacht ward.

Blots mennigmal, dor gifft dat so Dinger, dor kannst du di utdenken, wat du wullt – wat ok

jümmer du seggst, de Dösige bliffst du sülfst, dat kannst du gor nich verhinnern.
Dor is Unkel Herbert annerletzt op mi tokamen un hett gröölt, so luut, dat all dat mitkregen hebbt: „Hallo, Minsch, wo geiht di dat! Segg maal, is dat wohr, dat du di vörnahmen hest, dien Fro in Tokunft nich mehr so dull to verkloppen?“
Ik wull graad seggen: „Ach wat, nee!“, aver denn heff ik dat doch lever laten. Aver „jo“ harr ik jo ok nich seggen kunnt, ohn dat ik mi blameert harr.
So, wenn ik Unkel Herbert dat nächste Maal wedder dropen do, denn kriggt he vun mi aver ’n Kumpelment verpasst, dat he sik ümkieken deit! Leider is mi bet nu noch nix infullen. Na jo, kümmt jo villicht noch. Denn de leve Verwandtschop, de dröppt ’n jümmer wedder, wat ’n dat will oder nich.

TANTE ANNELIESE UN VERKEHRSFUNK

Tante Anneliese, de höört jo bannig geern Radio. Un annerletzt seggt se to mi: „Weetst du, wat ik jümmer an leevsten höör in 't Radio ?"
„Na ?", segg ik, „Hör maal 'n beten to ?"
„Nee, ach wat", seggt se.
Un as ik ehr 'n beten benaut ankiek, seggt se gau achterran: „Doch, nee, dat natüürlich ok, dat is kloor. Aver wat ik meen, dat is wat anners: de Verkehrshinweise. De höör ik jo to geern."
„Wat ?", segg ik, „du un Verkehrshinweise ?"
Dat is nämlich so: Tante Anneliese hett noch nienich in ehr Leven achter 'n Stüüerrad vun 'n Auto seten. Domaals na 'n Krieg, dor is se woll af un an mit Unkel August op 'n Motorrad op 'n Sozius mitfohrt. Aver dat is ok allens, wat ik mit Stratenverkehr un Tante Anneliese tosamenbringen kann. Un nu op 'n Maal kümmt rut, dat se sik för de Verkehrsmeldungen intresseert.
„Woso dat denn, Tante Anneliese ?", segg ik.
„Jo, weetst du, mien Jung", seggt se, „dat is wunnerboor. Also, ik kann mi jo jümmer sowat vun högen, dat glöövst du nich. Wenn ik höör, wat de Lüüd nich allens so op de Autobahn liggen laat. Güstern al wedder, stell di dat vör, twüschen Halstenbek un Krupunder: Kanthölzer op de Fohrbahn ! Ik weet jo gor nich, wat dat is, Kanthölzer", seggt se, „aver dor in düsse Gegend, dor gifft dat

jo woll ’n ganzen Barg vun. Heff ik al ’n poormal hööṙt, jümmer twüschen Halstenbek un Krupunder: Kanthölzer op de Fohrbahn. – Oder verleden Week: ’n Dannenboom. Dor fraagt ’n sik doch, wat dat schall. Wiehnachen is jo woll noch ’n beten hen. Aver dat stimmt würklich: ’n Dannenboom op de Fohrbahn. Hett de in ’t Radio seggt.“

„Jo“, segg ik, „de Boomscholen sünd dor jo dicht bi.“

„Un annerletzt“, seggt se, „stell di dat vör, dor hett doch glatt een sien Sofa op de Autobahn verloren. Wat seggst du dorto: en Sofa ! Un hett dat jo woll gor nich markt ! – Wat meenst: Wat dat Sofa woll noch to bruken is achterran ?“

„Tante Anneliese !“, segg ik. „Ik weet, dat du spoorsam büst, aver frei di lever, wenn dor nich achterran de Naricht kümmt, dat jüst an düsse Stä ’n groten Unfall passeert is. Denn is dor nämlich een rinsuust, in dat Sofa.“

„Na good“, seggt se, „aver egentlich is dat doch schaad üm so ’n Sofa.“

Un nu bün ik bang, dat eensdaags in ’n Verkehrsfunk de Naricht kümmt: „Achtung, zwischen Halstenbek und Krupunder eine alte Frau auf der Fahrbahn.“

Denn kunn dat nämlich sien, dat dat Tante Anneliese is, de nakieken will, wo denn nu düsse velen Kanthölzer herkaamt, oder wat so ’n Sofa, dat een verloren hett, nich villicht am Enn doch noch to bruken is.

KUSIEN SIBYLLE UN INKÖPEN

Alleen inköpen – nee, ik weet nich, Spaass maakt mi dat nich so veel, dat is mehr sowat as Arbeit. Un wat dor ok allens tohören deit! To Huus 'n Zeddel maken un allens opschrieven – un denn loostapern – un denn kieken, wat so op 'n Markt is – un twüschendör jümmer wedder op den Zeddel kieken – un een achter 'n anner afhaken – un blots nix vergeten.

Un denn dat Gemüüs in 'n Korf links, dat Fleesch in 'n grote Tüüt rechts, dat Broot ünnern Arm. Un denn allens wedder afstellen un dat Geld rutkriegen. Un denn in 't Parkhuus dat Auto söken, wiel 'n dat Stockwark vergeten hett. Un denn den Parkschien söken. Un denn wedder trüch, afstempeln laten. Un denn keen Lüttgeld för 'n Automaten. Un denn faststellen, dat de Autoslötel in de Tasch ganz ünnen liggen deit.

Jo, inköpen is 'n Last. Un dorüm maak ik sowat ok nich geern alleen – nee, lever mit 'n Fründin oder 'n Fründ, 'n Naver oder 'n Kolleeg – blots nich mit mien Kusien Sibylle – nee!

Af un an versöök ik dat mit ehr, aver jedesmal is dat datsülvige. Also, nich, dat Inköpen mit ehr keen Spaass bringt, in 't Gegendeel. Blots to 'n Inköpen höört ok Betahlen to, dat is nu maal so. Supermarkt, fief Kassen, överall 'n lange Slang. Un Sibylle kriggt grote Ogen un 'n liese Stimm:

„Du, wat meenst du – Kass Veer oder Kass Een ? Nee, kumm, lever Dree. De süht so spoortlich ut, de dor sitt. De is bestimmt fix – oh nee, blots nich ! Kiek, dor ward graad de Rull wesselt. Pass op, wi maakt dat so: Du geihst na Kass Een, un ik an Fief. Un keen denn gauer is, de lett den annern denn vör.“

„Nee, Sibylle, dat köönt wi doch nich maken, dat gifft Arger. Kumm, wi gaht beid an Twee, un denn klöönt wi noch ’n beten.“

„Wat, Twee ? Sühst du nich, dat de een dor jüst mit ’n Scheck betahlen will ? Dat duurt ewig, dat kenn ik. Un de hett swatte Hoor ! Du, wenn dat ’n Utlännersch is, denn lett de sik villicht noch allens verkloren. Un denn staht wi morgen fröh noch hier.“

Blots as wi denn endlich an de Reeg sünd, dor stellt Sibylle to ehr grote Överraschung fast, dat ehr Pottmonnee in ehrn Korf deep ünnen liggt. Un denn markt se, dat se vergeten hett, de Appels uttowiegen, wiel se dacht hett, dat geiht na Stück. Un denn fangt se an, dat Lüttgeld ruttosöken. Un denn stellt se fast, dat langt doch nich. Un denn jammert se de Deern an de Kass vör, dat se nu extra ’n Hunnerter anbreken mutt. Jo, un denn weet ik wedder: Alleen inköpen – so verkehrt is dat mennigmal ok nich.

SWAGER KLAUS UN DAT FRÖHJOHR

Wenn dat Fröhjohr kümmt, denn ward de Lüüd drollig. Dat is nu maal so, dat is de Natuur. Un wenn dat Fröhjohr vör de Döör steiht, denn markt ’n dat nich blots, wenn ’n in ’n Kalenner kiekt. Ok in de Gröönanlagen un in de Rabatten un blangen de Straten is dat to sehn – överall, wo Tulpen un Krokusse un Oosterklocken so ’n lütt beten ut de Eer rutkaamt. Un de ’n egen Goorn hett, de kann sik dor elkeen Dag sülfst vun övertügen, wenn he will.
’N egen Goorn heff ik jo nu nich, aver mien Swager Klaus hett een – dat heet, egentlich is dat mehr mien Swester, de mit ehrn ‚grönen Dumen‘ allens op Schick hett.
„Dat dat allens so good bi jo wassen deit“, segg ik af un an to ehr, „ik wunner mi dor jümmer wedder över.“
Un denn freit se sik, dat dat een gifft, de dor ’n Oog för hett.
„Jüst nu“, seggt se, „wenn dat Fröhjohr kümmt mit all de Tulpen un Narzissen un sowat, dat is de schöönste Tied för mi.“
„Kiek se di man good an, de poor Blomen, de noch över sünd“, seggt Klaus un maakt en Gesicht, as wull he mi den Hals ümdreihn. – „Dat duurt gor nich lang, denn is allens wedder wech. Denn is dat affreten vun de Kaninken, dat Oostüüch. Wi geevt uns Möh un plant un maakt un

dot, un wüllt dat ’n beten smuck hebben – un wat is de Dank? Kahlslag, afknabberte Köpp, allens rünnerpett – is doch grausam sowat! Planten hebbt jüst so ’n Seel op ehr Oort, de wüllt ok ’n beten wat vun ’t Leven hebben. Oder seh ik dat verkehrt?“

Na jo, dat ok so ’n Bloom villicht wat föhlen kann, mag jo angahn. Aver ok Kaninken hebbt ’n Anrecht to leven, denk ik. Dat hett de Natuur nu maal so inricht. Un Vehtüüch, de freet, wat se kriegen köönt! De maakt keen Ünnerscheed twüschen Planten, wo wi Unkruut to seggt, un Blomen, för de wi villicht maal veel Geld utgeven hebbt.

„Düt Fröhjohr ward de Tuun aver nee maakt“, seggt Klaus. „Anners freet de Kaninken jo glieks allens wedder af. – Un denn geevt wi de Katt wech un leggt uns ’n groten Köter to. Denn hebbt wi een för alle Maal Roh. Oder kennst du nich een, de ’n Jagdschien hett? De kunn jo maal vörbikamen un de afballern, de Öös. Betahl ik ok wat för. Oder lever Gift – wat höllst du dor vun?“

Ik segg jo, wenn dat Fröhjohr kümmt, denn ward de Lüüd drollig. Denn egentlich is Klaus ’n Minsch, de keen Fleeg wat toleed doon kann. Aver dat is de Natuur, un Natuur is nu maal af un an grausam. Un dat seggt nich blots de Minsch, nee! Kaninken un Blomen – ik kunn mi vörstellen, wenn de snacken kunnen, de wörrn dat jüst so seggen.

Man good, dat wi dat nich to hören kriegt.

UNKEL ERWIN UN DAT ARVEN

Stüern sporen is ’n fine Saak, dat dot wi jo all geern. Denn Stüern sünd jümmer argerlich – un ganz besonners sünd dat de Arfschopstüern. Dor arft ’n wat, wo ’n villicht gor nich mit rekent hett, un zack ! kümmt dat Finanzamt, un vun de schööne Pracht is ’n Grootdeel wedder verswunnen. Blots verhinnern kann ’n sülfst sowat jo nich, dat mööt de Lüüd doon, de wat to verarven hebbt. Aver mehrstieds is dat denn to laat.

„Nee“, seggt Unkel Erwin, „bi mi schall dat anners aflopen. Seh ik jo gor nich in. Mien Eigentumswohnung heff ik afbetahlt, un wenn ik doot bün, denn schall de Söhn vun mien Süster de kriegen, dat is ’n goden Jung. Na, un dat denn de Staat ankümmt un em glieks wedder wat afnimmt, dat mutt jo nu würklich nich sien. Ik glööv, ik warr em de bald maal överschrieven. Denn kann he mi elkeen Maand wat betahlen, solang ik leev, un wenn ik doot bün, denn gehöört em dat. Un dat Finanzamt, dat kann sik denn de Nees wischen. Is doch nich slecht, oder ?“

„Na jo“, segg ik, „ik weet nich, wat dat so günstig is, wenn dien Neffe ’n rieken Mann sien kunn, wenn du doot bliffst, un he betahlt un betahlt un mutt tokieken, dat du Hunnert warrst, so gesund as du di ernähren deist. Dor ward dat swoor sien för em, sik so richtig vun Harten to frein, wenn di dat good geiht, meenst nich ok ?

Denk maal an de Geschicht vun düsse Französin verleden Johr. De harr ehr Huus op Erbpacht verköfft, dor weer se över Negentich – an een Notar ! Un de harr natüürlich dacht, he maakt 'n godes Geschäft. Un denn is de Fro Hunnertsöbenteihn worrn, un he sülben weer dor al lang doot."

„Dat is ok unfair", seggt Unkel Erwin, „dor kann 'n jo nu würklich nich mit reken, dat 'n Minsch so old ward."

„Eben", segg ik, „hest dien Neffen denn al vertellt, wat du vörhest ?"

„Nee", seggt he, „so direkt nich. Aver as wi dor maal so allgemeen över snackt hebbt, dor hett he meent, dat weer 'n heel vernünftige Idee vun mi, un he weer stolt, dat sien Unkel so 'n plietschen Keerl is."

Aver nu is Unkel Erwin ehrgüstern vun sien Neffen anropen worrn, un de hett fraagt, woans em dat denn so geiht, un wat sien Hart maakt, un sowat allens. Un nu is Unkel Erwin 'n beten in 't Gruveln kamen, wat 'n dat mit de Stüersporeree nich villicht ok 'n beten överdrieven kann, sünnerlich dat mit de Arfschopstüer.

Denn he will jo tominnst Negentig warrn. Un wenn Unkel Erwin dat nich maakt un denn villicht sogoor Hunnert ward, denn hett he amenn sien Neffen 'n Barg Geld spoort – jo, so kann 'n dat ok sehn.

VEDDER MANFRED UN AKTIEN

Egentlich kunn dat doch ’n fine Saak sien, wenn ’n in de Verwandtschop een hett, de wat vun Geld versteiht. Aver as dat mit mien Vedder Manfred un de Banklehre loosgüng, dor kunnst mit em tosamensitten, denn hett dat keen fief Minuten duurt, denn güng dat üm Geld un Börse un Aktien un wat weet ik nich allens.
Un denn weer dat för mi bannig swoor, dat totogeven. Un egentlich weer mi dat ok so ’n lüerlüttbeten pienlich. Un wenn ik dor mit rutkamen bün, denn hett he mi utlacht un ik heff em blots noch Leed doon. Un denn güng dat jümmer: „Is dat würklich wohr? Gott, nee, du büst doch anners ’n ganz plietschen Jung. Markst du denn nich, wat löppt? Dat is doch allens kinnerlicht! Na jo, du muttst dat jo weten. Wenn du nich op mi hören wullt, denn nich. Wenn di dat man nich eensdaags nochmal Leed deit!“
Un wat weer dat, wat em so verwunnert hett un he nich glöven kunn? – Aktien. Jo, Aktien! Ik heff keen Aktien, un ik harr keen Aktien, un ik will ok keen Aktien hebben. Jo, dat is wohr, nich een so ’n Ding heff ik!
Un ik bün ok noch nienich in Liechtenstein west – weet ik gor nich, wo genau dat liggen deit. In Luxemburg heff ik ok keen Bank-Adress – bün ik blots eenmal dörfohrt, as ik na Paris wull. De Cayman-Inseln, dat berühmte Stüerparadies, de

wöör ik noch nichmal mit ’n Finger op de Landkoort finn. Un vun de Bahamas heff ik graad maal ’n Foto mit witten Strand in ’n Katalog sehn.
Aver all, de Manfred kennt, de hebbt Aktien – oder hebbt jüst welke verköfft – oder wüllt jüst welke köpen – oder tuuscht se graad üm. Blots ik nich. Ik heff jo noch nich maal ’n Eigentumswohnung oder Bauherren-Modell oder sowat. Un wenn ik dor genau över nadenk, denn will ik sowat ok gor nich hebben.
Denn dat is noch nich so lang her, dor hebbt Kollegen jümmer wedder to mi seggt: „Büst du etwa een vun düsse Döösbaddels, de jümmer noch Stüern betahlt? Denn deist du mi aver Leed. Muttst di wat to ’n Afschrieven toleggen!“
Jo, un wat keem denn? Denn harr de een ’n Plattenbau in ’n Ruhrpott, de anner twee Zimmer in Norderstedt, un de drütte ’n Büro-Andeel in de neen Bunneslänner. Un denn hebbt se teihn Johr lang afbetahlt, un to ’n Sluss hebbt se dat mit Verlust verköpen musst. Un ik weer in de Twüschentied so dösig, jümmer blots mien Stüern to betahlen.
Aver ik harr ok keen Verlust.
Un denn güng dat mit de Aktien loos, un dor is dat jo nu ok allens so ’n lütt beten anners lopen, as de een oder anner sik dat dacht hett. Un mennigeen, de glöövt hett, dat duurt nich mehr lang, denn is he Milljonär, för den is dat Thema

Aktien in Ogenblick nu gor nich mehr dat, wo he geern över snacken deit.
Na good, Milljonär bün ik ok nich, warr ik in düt Leven woll ok nich mehr. Aver wenn hüüttodaag Vedder Manfred in de Döör kümmt oder annerseen anfangt, över Aktien to snacken, denn stell ik mi jümmer troschüllig hen un fraag: „Hebbt ji nich all maal Aktien köfft, domaals? Un wat maakt düsse Aktien? Sünd ji denn nu endlich bald Milljonär? Spekuleeren is doch so eenfach, heff ik domaals doch jümmer wedder höört."
Un denn ward mehrstieds fix dat Thema wesselt. Un denn fallt mi dat överhaupt nich swoor totogeven, dat ik jo een vun düsse trurigen Gestalten bün, de keen Aktien hett, de keen hatt hett un de ok nienich Aktien hebben will – un de sik dor egentlich gor nich so slecht bi föhlt.

KUSIEN GABI UN FENG SHUI

Asiatisch, dat is jo woll in ’n Ogenblick in – jaaa, asiatisch. Un dor is nu nich dat China-Restaurant üm de Eck meent, dat geiht mehr üm Kleedaasch un Inrichtung un Möbel un Blomen un Weltanschauung un sowat.
De een stellt sik ’n lütten Bonsai hen oder ’n dünnen verdreihten Bambus, de anner ’n lütte Klangschaal oder ’n swatt-witten Paravent. Un de dat allens nich will, de hangt sik ’n Bogen Riespoppier an de Wand mit ’n grotet chinesischet Teken op.
Aver dat Allerneeste, dat is jo Feng Shui. Wat dat bedüden deit, kann ik ok nich so genau seggen, aver dat hett dor mit to doon, dat ’n in de Wohnung de Möbel nich so eenfach henstellt, sonnern dor ’n beten op achtgifft, dat ok allens tosamen passt. Ik meen, so nee is dat jo nu nich graad, aver op jeden Fall gifft dat grote dicke Böker to dat Thema Feng Shui, un mien Kusien Gabi hett dor ’n Barg vun to Huus rümliggen.
Un nu steiht bi ehr de Fernseher un dat Sofa in een ganz speziellen Winkel to de Döör un de twee Finstern. Un merrn op ’n Fernseher steiht so ’n lütten Penning-Boom. Dat is ’n Symbol-Träger, de schall dor för sorgen, dat jümmer noog Geld in ’t Huus kümmt.
Volker, de Mann vun Gabi, hett dor nich so veel mit an de Mütz.

„Stell de Möbel man so, as du meenst“, seggt he jümmer to sien Gabi, wenn dat maal wedder üm dat Thema Feng Shui un Möbelstellen un de richtigen Blomen un sowat geiht. „Hauptsaak, de Fernseher steiht nich to wiet vun ’t Sofa af, un de Boom hangt mit sien Twiegen nich direkt vör de Mattschiev !“
Nu is Gabi ’n poor Daag wech west, un Volker harr de hillige Opgaav kregen, düssen kostbaren Penning-Boom op ’n Fernseher jümmer noog Water to geven, elkeen Dag. Un he harr toseggen musst, dat he dat op keen’ Fall vergeten deit. Nee, vergeten hett he dat nich, in ’t Gegendeel, he hett dacht: Veel helpt veel. Un he hett em gaten un gaten: Jümmer rin mit dat Water, elkeen Dag. Un as Gabi trüch weer, dor is doch glatt veerteihn Daag lang dat Water vun den Penning-Boom direkt in ’n Fernseher lopen: Bildröhre in Dutt, Schaden veerduusend Mark.
Un nu is Gabi an ’t Överleggen, wat dat Feng Shui vun den Fernseher villicht doch nich optimal west is, un dat sik dat Symbol vun so ’n Penning-Boom dorför, dat jümmer noog Geld in ’t Huus kümmt – wat sik dat in so en Fall nich denn villicht sogoor direkt in ’t Gegendeel verkehren kann.

TELEFOONTECHNIK

Also, de technische Entwicklung hüüttodaags – ik bün begeistert, mutt ik seggen. Överall, wo ik henkieken do, is de Fortschritt nich mehr optoholen. Un jümmer geiht dat dorüm, dat dat Leven för uns kommodiger ward, dat Maschinen för uns de Arbeit maken dot. Un de Minschen, de düsse Maschinen konstrueert, de hebbt nix anners in 't Oog, as uns den Alldag lichter to maken.

Telefoon to 'n Bispeel: Mann, wat weer dat fröher gräsig. So 'n groten swatten Apperaat, Hörer so swoor, dat na fief Minuten de Arm lahm worrn is, Wählschiev mit Löcker, dat 'n dor entweder nich rinkamen is oder jümmer de Fingernagels afbroken sünd. Rümlopen bi 't Snacken weer ok nich, blots so 'n ganz kotte Snoor, kunn 'n knapp an 'n Schrievdisch sitten blieven. Snoorloos – dor hett 'n noch nich maal vun dröömt.

Aver dat is hüüt jo allens anners, wiel jo de Fortschritt introcken is. Un wat dat jüst mit düssen Fortschritt op sik hett, dat mark ik jedes Maal,

wenn ik mien Fründ Klaus Westermeier anropen do.
Denn mellt sik op de anner Siet mehrstieds en Froonstimm: „... Eier.“
Un denn is dat jümmer datsülvige.
„Marion“, segg ik, „bi mi kümmt blots jümmer EIER an, wenn du di mellen deist.“
„Wat ? Kann doch gor nich angahn. Ik heff nich EIER seggt, ik heff seggt WESTERMEIER.“
„Jo, Marion, blots wenn du den Knoop to lang fastholen deist, denn geiht de Anfang natüürlich verschütt. Denn höör ik blots jümmer EIER.“
„Ach, gah mi af, dat is de nee Technik“, seggt se denn. „Du wullt seker mit Klaus snacken.“
„Jo, genau“, segg ik.
„Pass op“, seggt se denn, „ik bün jüst hier baven. Legg doch maal op un roop glieks nochmal an. Un denn roop ik rünner, dat he ünnen afnehmen schall.“
„Marion“, segg ik denn, „ji hebbt doch so ’n fine nee Telefoon-Anlaag. Dor ward doch woll ’n Knoop sien, dat du mi rünnerstellen kannst na em.“
„Jo jo, gifft dat seker, na jo, maal kieken. Aver wenn dat nich klappen deit, denn liggt dat nich an mi. Denn is dat de Technik.“
Un denn weet ik genau, wat passeert: „Knack – Ihre Verbindung wird gehalten – taataatüüü – Ihre Verbindung wird gehalten – knack – tuut – tuut – tuut.“ –

Jo, un denn is se wech.
Un denn roop ik nochmal an.
„. . . Eier.“
„Marion“, segg ik denn, „du schast den Knoop fröher looslaten, ik höör blots jümmer EIER ! Un woso hest du mi denn wechdrückt ?“
„Ik heff di nich wechdrückt, du hest opleggt.“
„Heff ik nich . . .“
„Doch !“
„Oder dat is dat Telefoon. Ach, weetst du wat: Ik segg Klaus, he schall di trüchropen.“
Ik segg jo: De nee Technik, sünnerlich de vun ’t Telefoon, de sorgt dor för, dat uns Leven lichter ward.
De Swackpunkt, dat is jümmer blots de Minsch.

TELEFONEERN

Technik is wat Fines, sünnerlich denn, wenn se nee is. Aver af un an kann dat ok toveel warrn. Telefoon to'n Bispill.

„De Kinner mööt dat bitieden lehren, mit 'n Telefoon umtogahn", seggt Maren. „Dat hööрt nu maal to uns Tied, un dat is ok nich mehr wechtodenken."

Maren hett nich blots twee Kinner, Maren is ok Lehrerin. Un wenn Maren sowat seggt, denn hett dat jümmer so 'n Bestimmtheit, dat 'n dat gor nich waagt, dor wat gegenan to seggen. Ok Wolfgang, ehr Mann, deit sik dor swoor, aver dütmal seggt he doch wat, dat kennt wi gor nich vun em: „Meenst du dor dat villicht mit, wat ik tofällig güstern Morgen mitkregen heff, twüschen Söben un Veddel na Söben ?"

„Woso ?", seggt Maren un versöcht, unschüllig to kieken.

„Na jo, dor hebbt de Gööрn jo woll över teihnmal mit'nanner telefoneert !", pultert Wolfgang loos.

„De een schall afhoolt warrn – un de anner schall dor an de Eck töven, wenn he mit will – un wenn de noch mit will, denn schall de trüchropen, wenn dat geiht – un wedder 'n anner roopt an un seggt, he kümmt dütmal aver nich mit – un so güng dat hen un her. Un dat in dat Öller, dat is doch nich to glöven."

„Dat is noch gor nix“, seggt Günter, „as uns Öllste för söss Monate na Amerika gahn is, dor is ehr Verlobter bi uns introcken in se ehr Kamer. He weer jo bi de Bundeswehr un harr nich so veel Geld. Un denn hebbt de beiden jeden tweten Dag telefoneert. ’N Veddelstünn begröten, ’n Veddelstünn snacken, ’n Veddelstünn Afscheed nehmen. Un mien Fro is buten jümmer op un dal tapert un hett de Hann rungen un hett seggt: Nee, düsse jungen Lüüd, wat dat allens kosten deit !“
„Hebbt de beiden denn achterran heiradt, as dien Dochter trüch weer ut Amerika ?“, fraag ik Günter.
„Nee“, seggt he, „dat hett keen veer Weken duurt, denn weern de ut’nanner. Weer maal wedder so ’n Investitschoon, de sik nich lohnt hett.“
„Wenn mien Söhn mit sien Fründin snackt“, seggt Peter, „un ik reeg mi op, dat so lang besett is bi mi, denn seggt he jümmer, he harr noch ’n beten in ’t Internet surft. Aver dat glööv ik nie un nimmer. Un mien Lütte, de hett nu vun ehrn Unkel to ’n Geburtsdag ’n Handy kregen. De weet doch noch gor nich, wo düür dat warrn kann. Aver ik betahl dat nich, dat heff ik ehr glieks seggt.“
„Na bidde !“, seggt Maren dortwüschen, „ik segg dat doch: De Kinner mööt dat fröh lehrn, mit ’n Telefoon ümtogahn.“
Un dütmal seggt dor keen wat gegenan. Denn dat wi technikfeindlich sünd, dat wüllt wi uns jo nu doch nich naseggen laten.

OLE TECHNIK, NIEGE TECHNIK

Wenn dat dor üm geiht, wat fröher allens beter weer un wat hüüt ok noch nich so dull is, denn is dat faken dat Thema Technik. Un de an 'n mehrsten dor so över snacken dot as Fachlüüd, dat sünd natüürlich de, de vun Technik nu överhaupt keen Ahnung hebbt. Mien Naver Horst to 'n Bispill.

„Fröher", seggt Horst mennigmal, „fröher weer dat allens lichter. Wenn Urlaub weer, denn hebbt wi uns in unsen Käfer sett, un denn sünd wi eenfach loosfohrt. Un mit 'n beten Glück sünd wi bet na Griechenland kamen. Un wenn ünnerwegens de Kontakte wechsmoort sünd, denn hebbt wi de sülben utwesselt, mit nix anners as 'n Schruventrecker un 'n Taschenmetz. Versöök doch hüüt maal sowat: Dat ward nix ! Sitt doch veel to veel Elektronik binnen in so 'n Auto ! Dor büst du opsmeten, wenn du liggen bliffst. Dor kannst du nix mehr sülfst an maken, denn is ut."

Nu mutt 'n weten, dat Horst een vun de Lüüd is, de bi so 'n Auto graad maal weet, wo de Slötel to 'n Anlassen rinkümmt un wo de Klapp to 'n Tanken is. Un sogoor 'n Reifen hett he in sien Leven noch nich wesselt, wiel jümmer tofällig een bi em weer, de em to Hann güng, wenn em sowat passeert is.

„Oder Toaster !", seggt Horst. „Is doch gräsig mit de neen Dinger. Fröher hest du dor de Brootschieven rindoon, un denn hett dat qualmt, wenn du nich oppasst hest. Un denn hest du wusst, de weern to lang binnen. Un wat is hüüt ? Föhler un Elektronik, un denn geiht dor jichenswo 'n rode Lamp an – jo, un denn kannst blots noch dat heele Ding wechsmieten un nee köpen. Reparatur is doch veel to düür oder geiht sowieso nich. Un mit anner Dinger is dat doch jüst so – Waschmaschien oder Trockner to 'n Bispill !"

Wenn de leve Horst sowat vun sik gifft, denn mutt ik jümmer lachen, wiel he op de een Siet sowieso keen Toast eten deit, wiel em dat veel to labberig is. Un op de anner Siet hett he sien Wäsch noch nienich sülfst maakt. Dat is nahtloos vun sien Modder op sien Fro övergahn.

Un nu is Horst annerletzt mit sien Auto liggenbleven, jichenswo in de Walachei, keen Huus wiet un siet. Un denn hett Horst mit sien Handy de Warkstee anropen. Un denn is he afsleept worrn. Un denn is he mit 'n Taxi na Huus. Un annern Dag hett he 'n Ersatz-Auto kregen. Un betahlt hett dat allens sien Schutzbreef, em hett dat keen Penn kost.

Un nu süht Horst dat allens 'n beten anners. Nu findt he dat ok nich mehr allens so gräsig, dat mit de nee Technik hüüttodaags.

Un dat fröher allens beter weer, dat heff ik al lang nich mehr vun em höört.

VIREN

Dat is jo nich so, dat ik keen' Computer heff, ok wenn dat blots so 'n lütten Laptop is. Aver dat langt mi vull un ganz. Dor kann ik allens mit schrieven, wat ik fröher op mien ole Schrievmaschien tippt heff. Un eensdaags wull ik mi egentlich ok maal so 'n richtigen Pe-Zeh toleggen, as dat nöömt ward. Aver nu sünd mi doch mehr un mehr Twiefel kamen. Denn so seker, as jümmer seggt ward, is dat jo woll doch nich allens so ganz.

Graad in de letzte Tied stunn jümmer wedder in 't Blatt: Jichenswo sünd dor Hacker togang, un so 'n Virus flüggt üm de Welt. Un wenn de een Virus wech is, denn kümmt glieks de twete achterran. Un faat kriggt 'n de ok nich jümmer, de Viren nich un de Hacker eerst recht nich.

Jo, denn ward mi doch so 'n lütt beten mulmig, denn bi Virus denk ik jümmer an Bazillen un Verköhlen un Hosten un Ansteken un Kranksien. Un dat mag ik jo nu gor nich.

Woans dat mit so 'n Computervirus aflopen deit, dat begriep ik sowieso nich. Dor steiht so 'n Maschien in Australien oder op de Philippinen? Un wenn de pruust, denn kriggt achterran mien Computer in Hamborg 'n Snööf? Un dat passeert, ohn dat ik dat mark?

Un sogoor wenn ik dat tofällig gewahr warr, heff ik keen Schangs ruttokriegen, wo de Virus her-

kümmt? Un wokeen mien Computer ansteken hett? – Dat kann doch nich angahn!
Na good, bi so 'n Snööf, dor weet ik ok nich, woneem ik mi den opsackt heff. Dat kann in 't Kino west sien oder in de S-Bahn. Un wenn ik mit natte Klamotten to lang rümlopen bün oder de Harvst kümmt, denn verköhlt 'n sik eben maal, dat is so. Un so en Snööf, de kümmt dree Daag, blifft dree Daag un geiht dree Daag. Un denn is he wech.
Aver bi so 'n Computer? Is dat bi em ok allens utstahn na dreemal dree Daag?
Mien Fründ Fiete kennt sik dor 'n beten mit ut, un de meent: „So 'n Computer", seggt he, „de hett ok 'n Innenleven. Jo – wenn 'n Minsch verköhlt is, denn kriggt he Hostensaft oder Tabletten. Un so 'n Computer, de kriggt denn so 'n Anti-Viren-Programm. Denn föhlt he sik achterran ok beter."
Un wenn Fiete em maal ganz wat Godes doon will, denn treckt he eenfach den Stecker rut. Denn kümmt nix mehr vun buten an em ran, un al lang keen Virus. Un na 'n poor Daag hett he sik denn wunnderboor verhahlt. Jüst so as ik, wenn ik mit 'n Snööf mollig in't Bett legen heff. Seggt Fiete.
Ik weet nich. Fiete ward ok jümmer drolliger, siet he 'n Computer hett. De ward sik doch woll nich 'n Virus infungen hebben – Fiete meen ik?
Na good, he hett jo 'n Anti-Viren-Programm.
Villicht helpt dat bi em jo ok!

VERBODEN

Kennen dot wi dat all. Un sünnerlich ut uns Kinnertied weet wi dat noch: Nix maakt ’n lütt Göör neeschieriger, as wenn wat verboden is.
Wenn dat heet: Gah dor nich ran – dat is noch nix för di – Finger wech – maak, dat du rut kümmst – hier hest du nix to söken – dat is ’n Överraschung ! – jo, denn ward nafraagt, denn ward dibbert. Un denn is dat blots dorüm so intressant, wiel dor jo villicht wat achtersteken kunn, wat verboden is.
Nu schall ’n nich glöven, dat dat blots bi lütte Kinner so is. Bi de Groten is dat ok nich veel anners. Utwussen Lüüd sünd dat, de jümmer wedder op de Idee kaamt, blots wiel wat verboden is, dor doch maal gegenan to gahn, dat Gegendeel to probeern. Un wenn sik denn achterran rutstellt, dat dat good gahn is, dat dor keen Straaf na kümmt, denn is dat de stille Triumph ut de Kinnertied vun Appelklaun un gau noog wechlopen sien.
Kennt wi doch all: ’n Parkplatz direktemang in ’t Halteverbott – woso nich ? Wenn de Udel wiet wech is, kann ’n dat jo maal probeeren. Oder de Straat, wo dat Schild mit Dörtig steiht – Föfftig wenn wi dat ielig hebbt ! Oppassen mööt wi natüürlich, dat dor nich jüst üm de Eck de Radarwagen steiht. Oder mit ’n Fohrrad bi Root över de Ampel – kloor doch ! Wenn keen Auto

kümmt un keen Kinner tokieken dot, is doch nich so slimm. Un nu maal ehrlich: Düsse lütte Nervenkitzel, ’n brune Buddel in den Flaschencontainer för witte Buddels smieten – dat hett doch jümmer wedder wat, oder nich?
Aver een Saak gifft dat, dat is nich gegen dat Gesetz, dat is nich gefährlich, dat is op nüms sien Kosten – aver dat is jümmer gegenan. Un dat is: ’n Auto mit „Navigations-System“.
En Fründ vun mi hett sowat, un af un an lehn ik mi den Wagen ut. Un denn programmeer ik jichens en Straat in, un denn kümmt düsse moie Froonstimm, de mi denn seggt, wohen ik fohren schall – un denn do ik jümmer dat Gegendeel!
„Nächste Straße rechts abbiegen“ – ik fohr linksrüm – „Bitte nächste Möglichkeit wenden“ – ik fohr rechts af – „Immer geradeaus weiter“ – ik holl an un fohr akraat in de anner Richtung wieder. Un dorto segg ik: Holl dien Sabbel, ik do doch nich dat, wat du seggst, ik heff mien egen Kopp! – Un de Apperaat is an ’t Reken un Reken un mutt sik jümmer wedder ’n nee Tour utdenken.
Un ik? Ik bün denn wedder de lütte Jung, för den dat Schöönste is, jümmer gegenan to gahn un jüst dat to maken, wat verboden is.

DUSCHEN

Ik will jo nich meckern – nee, würklich nich. Ik frei mi, dat de Zivilisatschoon so fine Saken bröcht hett as Zentralheizung un elektrisch Licht un Water ut de Leitung un sowat allens. Aver siet fief Weken – siet fief Weken geiht dat nu al ! Ik stah morgens ünner de Dusche, un so na söss, söben Minuten ward de Dusche vun een op ’n annern Momang kold. Un nich so ’n lütt beten küller, dat ’n dat nareguleern kann – nee, kold, ieskold, vun een to ’n annern Momang.
Un ik, wat maak ik denn ? Ik spring op de Siet, dreih den kolen Hahn af, riet den annern Hahn op, verbrenn mi natüürlich, wiel dat mit ’n Maal wedder hitt rutscheten deit. Denn dreih ik den kolen Hahn wedder op un den hitten wedder trüch – jümmer hen un her. Un in de Twüschentied freer ik as ’n Snieder, dreih denn allens ut, dröög mi af – un nehm mi fast vör, nu aver endlich maal den Klempner Bescheed to seggen.
„Ik wessel de Kartusche vun de Mischbatterie ut“, seggt de Klempner, „denn is allens wedder kloor.“
„Na good“, segg ik, „denn man to.“
Annern Dag wedder datsülvige.
„Dat is Saak vun den Vermieter“, seggt de Huusmeister. „Schall de sik dor doch um kümmern.“
As de Vermieter de Hann fief Minuten ünner de Dusche höllt un nix to marken is, dor is de

Momang, wo ik ’n Ogenblick överlegg, wat ik mi dat villicht nich allens inbildt heff.
„Dat passeert meist eerst na söss, söben Minuten“, segg ik noch.
Aver op dat Angebott, maal to ’n Probe-Duschen vörbitokamen, will he sik nich so recht inlaten.
Mann in de Tünn, ünner de Dusche stahn un zack ! dat Water is kold, dat is nich angenehm – un gesund is dat al lang nich !
To Wiehnachten hett mien Fro mi ’n Book schenkt, dat hannelt vun ‚Anwendung des kalten Wassers als Abhärtungs- und Heilmittel‘ – ‚Kneippkur‘ ward sowat nöömt. Kneipkur, dor mutt ik jo lachen ! Bi mi hett ’n Kneipkur allenfalls wat mit kolet Beer to doon un nix mit kold Water.
Na good, denn gewöhn ik mi even dat Duschen af ! Denn gah ik eenmal in de Week in de Baadwann, so as fröher vulle twee Stünn ! Un denn nehm ik mi wat to ’n Lesen mit, villicht wat ik to Wiehnachten schenkt kregen heff – villicht ’n Book, dat vun ‚Reizwirkung kalten Wassers als Heilverfahren‘ oder sowat hanneln deit.
Un wenn denn würklich maal mien Water in de Wann kold ward, denn laat ik dat eenfach hitt nalopen, solang bit dat denn wedder kommodig warm is. Un denn frei ik mi, dat de Zivilisatschoon nich blots elektrisch Licht un Zentralheizung bröcht hett, sonnern ok jede Menge Water ut de Leitung – un sogoor hitt, wenn dat sien mutt.

FERNSEHER

Woveel Gehirnzellen de Minsch hett, dat weet ik nich, keen Ahnung. Op jeden Fall sünd dat bannig veel, Milliarden oder sowat – un seker noog, dat 'n de bit an 't Levensenn nich opbruken deit. Un ok wenn seggt ward, dat mit elkeen Suuperee 'n groten Hümpel vun düsse Zellen koppheister geiht un sik nienich wedder verhaalt – över sünd denn jümmer noch 'n poor, Reserve is dor.
Jo, de Natuur hett dat riek inricht. Wi kööntmaken, wat wi wüllt, jümmer hett se noch wat in de Achterhand. Wi köönt uns Gehirn strapzeeren, soveel wi wüllt, jümmer verhaalt sik dat wedder. Dat is jüst so as in 't Märken, wo 'n gode Fee di 'n Putt henstellt, ut denn du rutlöpeln kannst, wat jümmer du wullt, nienich ward de leddig.
Un bi mien Computer is dat woll jüst so. Dorbi is dat noch gor keen richtigen Computer, dat is blots so 'n lütten Laptop. Bruken do ik em blots as 'n anner Oort vun Schrievmaschien, un ik nehm an, dat sünd jo woll nich mehr as fief Perzent vun dat, wat düsse Laptop allens kann. Denn de Betriebsanleitung vun dat Dings is dumendick. Alleen wenn ik de Biller dor in bekieken do, ward mi swiemelig vör Ogen. Un wat dor an Text steiht, dat verstah ik sowieso nich. Dorüm denk ik, de kann seker bannig veel mehr, as ik em so afverlang.

Un nu heff ik mi ’n neen Fernseher köfft. Na good, wat ik vun em will, dat maakt he allerbest: Grotet Bild, wunnerbore Farv, Toon is ok nich slecht. Aver dat is jo noch lang nich allens, hett de Verköper seggt. Un denn hett he mi vörföhrt, wat anners noch in em steken deit. Eenfach un fix güng dat bi em un hett mi bannig good geful-len. Aver as de Apperaat denn in mien Stuuv stunn, un ik mit de Betriebsanleitung alleen weer, dor is mi doch ’n beten swummerig in ’n Kopp worrn.

Aver denn heff ik mi mit de Fernbedienung in de Hann vör de Flimmerkist sett un denn jüm-mer so ’n beten rümdrückt op de velen Knööp mit Tallen un Bookstaven un Farven op. Un elkeen Dag heff ik ’n nee Entdeckung maakt, ok wenn dat den annern Dag denn allens wedder vergeten weer. Un dat hett bannig veel Spaass bröcht.

Un villicht is dat jo mit mien neen Fernseher jüst so as mit so ’n Gehirn un so ’n Computer. Wat dor allens binnen is, dat weet keen Minsch, dat kriggt ’n villicht ok nienich rut. Aver dat een is seker: Dor is so veel binnen, dat ’n dat bit an ’t Levensenn nich allens opbruken deit.

Un dorum segg ik: ’N beten Reserve is doch ’n fine Saak, oder etwa nich ?

MOTORRAD WECH

Ik wull dat blots seggen: Mien Motorrad is klaut – jo, dat is keen Witz, mit sowat maakt 'n keen Spaass, klaut is dat! – Na good, klaut weet ik nich, op jeden Fall is dat wech.

Meddaags Klock Een heff ik dat vör dat grote Koophuus afstellt, un as ik wedder rut keem, dor weer dat wech – jo, nich mehr dor, wech – we, ee, zeh, ha – wech!!

Na kloor harr ik dat afsloten, tweemal sogoor. Eenmal dat Zündslott un eenmal 'n Bügelslott an 't Vorderrad, maak ik jümmer. Un lang weer ik jo ok nich wech, Veddelstünn villicht.

Mein Zeit, dat weet ik doch nich, woans dat geiht, 'n Slott in so korte Tied to knacken. Muttst du den fragen, de dat maakt hett. Ik kann dat nich! Ik wöör dat noch nich maal in twee Stünn henkriegen.

Jo, natüürlich mutt dat een sehn hebben. Aver wöörst du di dor üm kümmern, wenn dor een an 'n Motorrad rümpusselt? Hebbt se doch annerletzt in 'n Fernsehn wiest. Is een mit so 'n richtig grote Tang rümlopen, hett ok noch de Lüüd beden: Kööönt Se nich maal even helpen? Jo, un de hebbt dat Slott noch fastholen, un he hett dat knackt un Danke seggt un is af.

Jo jo, versekert is dat natüürlich allens, aver alleen de Loperee un de Sökeree na de Quittungen un dat Gesabbel mit den Versekerungsheini.

Mi ward nu al ganz slecht, wenn ik dor an denk. Un jüst nu hebbt wi de Tied, wo dat Weder ’n beten so is, dat ’n endlich Motorrad fohren kann. Un ik ? Ik mutt nu eerstmal veer Weken töven, ehrdat ik Geld vun de Versekerung krieg un mi villicht wat Nees köpen kann.
Wat seggst du ? De findt sik villicht noch wedder an ? Ha, de is doch al lang ut’nanner nahmen oder in Polen !
Nee, danke, ik will nich weten, woans se di domaals in Italien dien Auto knackt hebbt. Un de Geschicht vun de lange Blonde ut ’n tweten Stock, de kenn ik. De is na de Polizei lopen, hett seggt, ehr Auto is klaut, un söss Weken later hett Ernst ut ’n drütten Stock dat een Straat wieder entdeckt, un dor weern al veer Zeddel för falsch Parken an de Schiev. Un dor is ehr dat wedder infullen.
Ik bün nich blond, ik weet jo woll noch, woneem ik mien Motorrad afstell !
Ach, laat mi doch an Land, ik segg gor nix mehr. Ik roop nu eerstmal mien Versekerung an. Aver wenn de mi toeerst fraagt, wat ik ok seker bün, dat ik mien Motorrad dor afstellt heff un nich woanners – deit mi leed, wat in denn maak, dat weet ik würklich nich !
Aver is jo jümmer so: De den Schaden hett, de mutt sik ok noch uzen laten. Jo, is doch so !

Mien leve Frünn Krischi un Tom

VERKÖHLT

As ik annerletzt Krischi un Tom maal wedder dropen heff, dor weern de beiden bannig verköhlt. De een harr ’n dicken Schal üm ’n Hals un de anner so ’n gröne Mütz vun de Bundeswehr över de Ohrn.
„Dor bruukst du gor nich lachen“, seggt Tom. „Dat weer düsse Kälteeinbruch verleden Week.“
„Un Tom, de Kattenkopp, de hett mi ansteken !“, brüllt Krischi dortwüschen.
„Quatsch“, seggt Tom, „wenn du bet deep in de Nacht supen deist, denn hest du even nich noog Abwehrkräfte, so süht dat ut.“
„Snack doch keen dumm Tüüch ! Twee, dree Beer, dat is gesund, dat is Nervennahrung !“
„Och, Kinners“, segg ik, „nu reegt jo man nich op. Ik heff noch ’n Buddel Fleederbeersaft in’t Huus, vun mien Tante. Dor kriegt ji beid wat vun af. Un denn sünd ji gau wedder op de Been.“
„Fleederbeersaft ?“, seggt Tom. „Dor mutt denn aver ’n beten Rum rin, anners bringt dat nix.“
„Kann mi maal een verkloren, woso düsse Kaltfronten jümmer so richtig ’n Naam kriegt, so as

de Wirbelstürme in Amerika ?“, fraagt Krischi. „Weet ik nich“, seggt Tom. „Sünd dat weibliche oder männliche Naams ?“

„Also, düsse Tornados, de kriegt jümmer weibliche Vörnaams“, seggt Krischi, „wiel de so gefährlich sünd, un wiel de allens kaputtmaken dot !“

„Jo, Mannslüüd sünd anners“, seggt Tom. „De sünd vun Huus ut verdreeglicher.“

„Un woso heet ’n Kälteeinbruch denn mennigmal Karl-Heinz oder Werner ?“, fraag ik.

„Werner ?“, seggt Tom. „Ik kenn een, de heet Werner. De kann ook fix pusten. De speelt de Fleit in ’n Speelmannstog.“

„Jo, de is nich slecht, den kenn ik ok“, seggt Krischi.

„Schaad, dat ik nich musikalisch bün“, seggt Tom. „Wenn ik Sänger weer, denn wöör ik mi nu aver krankschrieven laten, dat segg ik di.“

„Denn frei di man, dat du keen Sänger büst, un dat du dien Geld op anner Oort verdenen kannst“, seggt Krischi.

„Rum mit Fleederbeersaft“, seggt Tom, „dat is nich slecht, aver Rum ohn Fleederbeersaft is noch beter.“

„Denn is dat Grog, du Spritnees“, seggt Krischi.

„Villicht is jo een hier, de ’n lütten Grog utgeven deit !“

De Avend is noch fix lang worrn. Un hüüt Morgen: Ik weet nich – ik glööv, ik heff mi güstern ’n lütt beten verköhlt.

DE POSTKOORT

Verleden Johr, as ik in ’n Urlaub flogen bün, hett blangen mi ’n Italiener seten. Wi harrn ’n beten snackt, un kort vör de Landung hebbt wi noch de Adressen tuuscht. Un nu heff ik vun em ’n Postkoort kregen – allens op Italiensch.
As ik Krischi un Tom in de Kneipe drapen do, fallt mi in, dat Tom maal op Montage in Italien west is.
„Segg maal, Tom, kannst du Italiensch? Du weerst dor doch maal, dor ünnen.“
„Jo, ik weer dor maal“, seggt he, „aver de Spraak kann ik nich, nee! De snackt dor veel to gau. Englisch muttst du könen, dor kümmst du över-all mit dör.“
„Also, England“, seggt Krischi, „dat mutt ik di seggen, wenn ik dor so röverkieken do, denn bün ik heel froh, dat wi keen Kaiser mehr hebbt.“
„Woso dat denn?“, seggt Tom.
„Och, dat is doch Operette, wat dor aflopen deit bi dat Königshuus. Denn maakt de dor groot op feine Herrschaften, un op de anner Siet löppt dat dor jüst so af as bi uns, bi Fro Meier üm de Eck.“
„Englisch is jümmer wat Besonners west“, seggt Tom. „In Hamborg hett dat Traditschoon. De Klamotten to ’n Bispill, dor gifft dat Jacketts, Tweed oder woans dat heten deit, de hebbt all dat sülvige Muster. Aver de sünd so düür, dat du de nich betahlen kannst.“

„Wat mi good gefallen deit“, seggt Krischi un bitt ’n Stück vun sien Pizza af, „dat sünd de engelschen Autos. De sünd jo ganz wat egen – düsse Cabrios to ’n Bispill. Un denn düsse ganz olen Dinger, de de noch hebbt – to schöön.“
„Ik will di wat seggen“, seggt Tom, „eenmal in ’n Rolls Royce sitten, dor drööm ik vun.“
„Ach wat, so ’n Ferrari, dat weer wat för mi“, seggt Krischi. „Un denn mit dreehunnert över de Autobahn.“
„Mein Zeit, gifft dat hier denn keen, de mi maal mien italiensche Koort översetten kann ?“, roop ik dortwüschen.
„Mann, gah mi doch blots af mit de Italiener“, seggt Krischi un nimmt ’n Sluck vun sien Wien. „De kann ik nich af, dat weetst du doch. Allens Mafia.“
„Jo, un wat is mit dat Ies in ’n Sommer ?“, seggt Tom. „Du, dat is Weltspitze.“
„Jo, un wat is mit dien Pizza ?“, segg ik to Krischi. „Un kiek doch maal, wo de Wien herkümmt, den du graad drinken deist, un de Schöh, de du anhest. Na, wo kaamt de her ?“
„Hmm – ut Italien“, grummelt Krischi un bestellt ’n Runn Sambuca för uns all. „Un de Kaffeebohnen nich vergeten !“, bellt he achterran.
As ik mi besinnen kann, is dat ’n grote italiensche Nacht worrn. Blots wat op mien italiensche Postkoort opsteiht, dat heff ik bet hüüt noch nich rutkregen.

IRRTÜMER

Annerletzt is mi 'n Book in de Hann fullen: De groten Irrtümer op düsse Welt oder so ähnlich hett dat heten. Un ik mutt seggen, dat weer heel intressant. Dor weern veel Saken bi, wo ik bet nu jümmer dacht heff, dat is so, aver in Würklichkeit is dat ganz anners. Un as ik annern Dag bi Inge in de Kneipe Krischi un Tom dor vun vertell, dor stellt sik rut, de geiht dat jüst so.

„Dat hele Leven is 'n Irrtum", seggt Krischi. „Wenn du lütt büst, geiht dat doch al loos: Klapperstorch, Wiehnachtsmann, Vadder hett noch nienich logen, de Lehrers hebbt jümmer Recht – stimmt doch allens nich."

„Ik", seggt Tom, „ik heff jümmer Spinat eten musst – iiiigitt, wegen dat Iesen. Un dorbi is dor gor nich so veel Iesen binnen. Dat is maal 'n Tippfehler in de Statistik west. Dorüm much ik dat ok nich eten. Dat mutt ik domaals jo woll ahnt hebben."

Un dor fallt mi ok wat in: „Mien Modder", segg ik, „de hett jümmer predigt: Fröhstück is de wichtigste Mahltied an 'n Dag, un eenmal warm, dat bruukt de Minsch. Dorbi stimmt dat gor nich. Wenn ik groot fröhstücken do, denn bün ik acherran so mööd, denn kann ik glieks wedder in de Puuch gahn."

„Nee, Fröhstück mutt ik hebben", seggt Krischi. „Aver mit warm Eten, dat stimmt, dat bruukt 'n nich. Domaals, as mien Herd kaputt weer, dor heff ik veerteihn Daag blots vun Lebberwustbroot un Beer leevt. Af un an ’n Appel dortwüschen – heff ik wunnerboor överstahn.“

„Intressant is dat, mit düsse Irrtümer“, seggt Tom. „Aver mehrstieds is dat doch so: Dor seggt de een so un de anner seggt so – un wat nu genau stimmt, dat kriggt ’n doch nich rut.“

„De Rente is seker, heet dat doch jümmer. Villicht is dat jo ok ’n Irrtum“, seggt Krischi. „Aver wenn sik dat rutstellt, denn warr ik füünsch! Giff mi maal ’n Zigarett röver.“

Ik segg: „Pass blots op. Dat sünd de Raucher, de dat Gesundheitswesen jümmer düürer maakt.“

„Ach wat, dat is ’n ok so ’n Irrtum“, seggt Inge un langt Krischi dat Füürtüüch röver. „Toeerst villicht, aver denn starvt he jo fröher. Un denn nimmt he keen Rente in Anspruch. Un so ward mit elkeen Zigarett de Schangs grötter, dat för di noch wat överblifft.“

„Ik will na Huus“, seggt Tom. „Heff ik nich noch ’n Zeddel hier, Inge?“

„Jo“, seggt Inge, „föfftig Mark, vun verleden Maand noch.“

„Jo, denn schriev dat vun hüüt dor man to“, seggt Tom, un wech is he.

„Sühst du?“, seggt Inge. „Nu heff ik dacht, hüüt kümmt Geld vun em, aver: Irrtum! – Woans heet dat Book noch, wo du vun vertellt hest? Dat segg ik di: ‚populäre Irrtümer‘, to dat Thema kunn ik elkeen Dag wat tostüürn, dat glööv man.“

LEHRERS

Wenn ik mit Krischi un Tom bi Inge an ’n Tresen tosamensitten do, denn sünd wi uns in een Punkt jümmer eenig, ok wenn uns Schooltied al lang achter uns liggt: Lehrers kööont wi nich af!
Dat sünd doch Besserwisser un Klooksnackers! De sünd fuul, argert de Kinner, hebbt vörmiddaags Recht un namiddaags free. Un mit dat beten Macht, wat se dör de School kriegt, kööont se ok nich ümgahn. Un wenn wi dor denn noch över snackt, dat mien Modder jo egentlich wull, dat ik op Lehrer studeer, denn seggt Tom: „Frei di blots, dat du dat nich worrn büst.“
Un Krischi kreiht denn achterran: „Du un Lehrer? Na, dat hett mi noch fehlt! Glööv jo nich, dat ik denn an ’n sülvigen Tresen mit di ’n Beer drinken dee.“
Op de anner Siet: Dat gifft ok Lehrers, de anners sünd, so is dat nich. De sett sik in för de Schölers, de lamenteert nich jümmer rüm, woveel se to doon hebbt, de klaagt nich, dat de free Tied so knapp is. Un mennigeen hett sogoor richtig Spaass an sien Beruf, schall ’n gor nich glöven.
„Ik harr in de letzte Klass ’n Lehrer“, seggt Tom, „de hett mi so piert, dor heff ik mi fast vörnahmen, den hau ik ’n poor an ’t Muul, wenn ik rut bün ut de School.“
„Un – hest dat maakt?“, fraagt Krischi.
„Nee, bringt jo ok nix“, seggt Tom.

„Wi harrn maal ’n junge Lehrerin“, seggt Krischi, „de weer püük. Bi de weern de Pullovers sowat vun eng, dor hett sogoor de ole Direx gleunige Ogen kregen. Dor hebbt wi aver Phantasien hatt, dat segg ik di. Un flietig weern wi bi de as de Düvels.“

„Ik kann mi blots noch op ’n Referendarin besinnen, de potthässlich weer“, segg ik. „Drahtbrill op de Nees un ’n Faltenrock bet op ’n Footbodden.“

„Oha, jo“, seggt Tom, „dat kann ik mi richtig vörstellen.“

„An ’n leevsten harr ik Sport in de School“, seggt Krischi. „Mienen Sportlehrer besöök ik af un an nochmal. Negentich is de bald, aver jümmer noch good toweeg för sien Öller.“

Un denn geiht dat loos: Weetst du noch, de Klassenreis domaals, un dat Schoolfest, un dat Dings mit den Schummelzeddel, wat nienich rutkamen is, wiel all dichthalen hebbt.

Un twee, dree Beer later sünd wi uns sowat vun eenig: So slecht weer de Schooltied gor nich, un so ’n Lehrer hett dat mit uns ok nich eenfach hatt, britig as wi mennigmal weern. Un de gröttste Deel vun de Lehrers weer jo egentlich doch ganz nett.

Jo, de Erinnerung maakt veel wedder glatt, dat is bi den Minschen so inricht. Un dat is jo woll ok good so. Un Besserwisser un Klooksnackers, de gifft dat annerswo ok, nich blots in de School.

HUNN UN KATT

Wenn ik mit Krischi un Tom bi Inge ’n Beer drinken do, denn geiht dat egentlich mehrstieds bannig verdreeglich to. Aver af un an, dor kriegt de beiden sik in de Wull, dat is nich to glöven. Un achterran weet keeneen, wo dat denn nu an legen hett. Denn sünd de as Hunn un Katt, as ’n so seggt. Un dütmal weer dat ok jüst dat Thema: Hunnen un Katten.

„Gah mi doch blots af mit Katten“, seggt Krischi. „Katten kann ik nich af. Wo dat an liggt, weet ik nich, aver dat is nu maal so.“

„Ik weet dat“, seggt Tom. „Du kannst Katten nich lieden, wiel de ’n egen Kopp hebbt. De laat sik nich so rümkummandeern as ’n Köter. Wat so ’n Katt is, de hett Charakter.“

„Katten un Charakter, dor mutt ik aver lachen“, bellt Krischi trüch. „De sowat seggt, de hett jo nu överhaupt keen Ahnung. ’N Katt, dat is doch keen Deert. Dat is ’n tüffelige dösige Mördermaschien. In de Sünn liggen un af un an ’n Muus quälen, dat is allens, wat de köönt.“

„Pass blots op!“, seggt Inge. „Bi de olen Ägypter, dor weer de Katt hillig. Dor weer dat sowat as ’n Gottheit.“

„Jo, mag jo sien“, seggt Krischi. „Aver överlegg doch maal: Dat Gehirn vun so ’n Katt, dat is halv so groot as mien lütt Finger. Un dat Gehirn vun ’n Hund, dat is so groot as mien Fuust.

Wenn dat keen Bewies is! Un mit so ’n Hund, dor kannst jo ok veel mehr mit anfangen. Versöök doch maal, ’n Katt dat bitobringen, dat se di to ’n Bispill ’n Stock wedderbringt oder ’n Ball, wenn du em wechsmieten deist.“

„Nee, dat deit ’n Katt nich“, seggt Tom. „Aver wenn ik sowat seh, denn fraag ik mi sowieso jümmer, keen dösiger is: de Besitzer oder sien Hund. De een smitt ’n Stock wech un de anner bringt em trüch, un all beid köönt sik nich inkriegen vör luder Glück.“

„So ’n Hund is slau“, seggt Krischi. „Dorüm jaagt he ok de Katten, wo he de tofaat kriegen kann. Un so ’n Katt, de neiht ut, wiel se weet, dat so ’n Hund ehr över is.“

„Enerwegens is dat jo gediegen“, segg ik so. „Utgerekent Krischi hett to Huus nu twee Katten. Un Tom is een, de jümmer vertellt, dat he mit Hunnen grootworrn is un as Kind faken in de Hunnhütt slapen hett. Woans passt dat egentlich tohoop?“

„Ach!“, seggt Krischi un knippt de Ogen tosamen as ’n Kater, de op ’n Muus pliert. Un Tom seggt gor nix un maakt blots sien Dackelgesicht. Un as Inge twee frische Beer henstellt, dor is kloor, dat ok Hunn un Katt sik mennigmal temlich good verdrägen kööont.

ÜMTRECKEN

Freedag is jümmer de Dag, wo ik Tom un Krischi bi Inge dropen do.
Dütmal bestellt Krischi heel wichtig ’n Brandy mit Water un Ies. Dat hett he in ’n Urlaub in Spanien jümmer drunken. Un dat mutt de spansche Brandy sien, anners is dat nich ‚orginal‘, seggt he jümmer. Un he smeckt dat sofort rut, will he uns wiesmaken.
Un ik bestell ’n Traubensaft.
„Traubensaft – büst du krank ?“, röppt Krischi.
„Nee“, segg ik, „aver twee Beer heff ik al, un mien Föhrerschien bruuk ik noch.“
„Stell di vör, Frank hebbt se den Föhrerschien afnahmen“, seggt Tom. „Un nu hett he ’n nee Wohnung funn, un tokamen Sünnavend will he ümtrecken.“
„Oh, dat freit mi för em“, segg ik, „dat mit de nee Wohnung, meen ik. Hett he ’n Möbelwagen al bestellt ?“
„Quatsch“, seggt Krischi, „dor helpt wi em bi. Den Wagen fohr ik, un wenn wi dor all mit anpackt, denn is dat ratz-fatz fardig ! De poor Klamotten, de he hett.“
„Ik weet nich“, seggt Tom. „Bi ’n Ümtog helpen, dat is jümmer so ’n Saak. Naher laat ik wat fallen, un denn gifft dat blots Arger.“
„Ach wat, dor maakt wi ’n richtige Umzugs-Party vun. Dor hoolt he sik ’n Pritschenwagen

vun de Auto-Vermietung, denn mutt he ’n poor Kisten Beer spendeeren un ’n grote Ladung Eten vun ’n Pizza-Service, un denn hebbt wi dor all unsen Spaass mit!“

„Den Spaass kann ik mi vörstellen“, seggt Tom. „Du fährst kommodig den Wagen, un ik kann denn bet na Meddernacht dat Klederschapp tosamenboon, wiel ik de eenzigst bün, de an Warktüüch denkt hett un mit ’n Schruventrecker ümgahn kann.“

Un dor fallt mi dat wedder in: Eenmal bün ik ok op düsse Oort ümtrocken.

Un denn hett de een den Karton mit de Schallplatten rünnersmeten, een hett den wunnerschönen olen Disch anditscht, un all, de hulpen hebbt, heff ik ’n Week later to ’n Eten inladen musst.

Un as ik dat allens tosamenrekent heff, dor is mi dat düürer kamen, as wenn ik ’n Last-Taxi bestellt harr. Siet de Tied holl ik nich mehr so veel vun sonne Aktschonen.

Un wat dat Leegste is: Siet de Tied mutt ik överall un jümmer mithelpen, wenn jichenswo een ümtrecken deit.

Un wenn ik denn segg, dat geiht nich, wiel ik keen Tied heff oder wiel ik wech bün oder wiel de Dokter dat verboden hett wegen dat Krüüz, denn heet dat gau: „Stell di nich so an, wi hebbt di doch ok hulpen domaals – oder hest du dat vergeten?“

Jo, un denn segg dor maal wat gegen.
Nu is Frank al lang ümtrocken, ik bün dor nich bi west, ik harr dat jo mit mien Arm. Un dat schall ok ohn mi allens wunnerboor aflopen sien. Blots as Frank mi annerletzt fraagt hett, wat mien Arm denn maken deit un wat denn nu wedder allens in Ordnung is mit mien Arm: So ’n lüürlütten ironischen Untertoon, glööv ik, is dor bi west.
Un tokamen Freedag, wenn ik Tom un Krischi wedder bi Inge dropen do, denn geev ik een ut. Un denn lat ik mien Auto to Huus, un denn warr ik dat ok maal probeern: orginal spansche Brandy mit Water un Ies. Un denn snackt keen Minsch mehr vun Frank un sien Ümtog un mien Arm. Un dat is denn ok good so.

HANDY

Annerletzt in de Kneipe: düdelüdelüt – düdelüdelüt !

Oh nee, Tom hett 'n Handy ! ! Endlich hett he nu ok een. Krischi hett jo al lang een, Krischi weer een vun de eersten.

Aver nu bimmelt dat bi Tom, dat all de Kumpels dat mitkriegt, dat he nu ok to de Minschen vun Welt hören deit.

„Pass blots op, dat du dat nich ut Versehn anlettst, wenn du di in 't Auto setten deist“, seggt Krischi. „Dat kost richtig Geld, wenn se di tofaat kriegt. Gebührenfreie Verwarnung, dat is al lang nich mehr.“

„Nee, do ik nich“, seggt Tom. „Is jo ok veel to gefährlich: de een Hann an 't Stüür, de anner an 't Ohr, un denn noch schalten un sowat. Dor kann fix wat passeern.“

„Bi mi passeert nix“, seggt Krischi, „dat is 'n Frechheit, dat se dat verboden hebbt. Ik heff Automatik, dor is schalten keen Thema. Handy-Verbott in 't Auto, dat is 'n Verminnerung vun mien Levensqualität !“

„Wenn du unbedingt telefoneern wullt in dien Klapperkist“, segg ik, „denn kööp di doch 'n Freisprechinrichtung. Denn kannst telefoneern, soveel du wullt.“

„Kümmt gor nich in Fraag sowat“, seggt Krischi. „Verschannelt mi jo dat ganze Armaturenbrett.

Un denn sünd de ok veel to düür, de Dinger. Un de billigen, de döögt nix.“

„Also, de Lüüd sünd jo jümmer so unvernünftig“, seggt Tom. „Mit Tweehunnert över de Autobahn, denn so ’n Handy an ’t Ohr, dat is levensgefährlich is dat. Heff ik al ’n poormal sehn, düsse Wackelee. Un denn links röver un rechts röver. Un sik denn wunnern, wenn dat verboden ward.“

„Wo sünd wi denn hier, wenn jümmer allens glieks verboden ward“, fangt Krischi wedder an. „Wenn de Lüüd bi de Fohrt an ’t Radio rümfummelt, denn villicht noch ’n Zigarett twüschen de Lippen, Göör in ’n Kinnersitz un den groten Köter op de Rückbank, dat is veel gefährlicher as so ’n Handy. Ik will in mien Auto doon un laten, wat ik will, basta !“

Un as Krischi mit hoochroden Kopp afsuust na Tante Meier, dor böögt sik Tom to mi röver un seggt: „Bruukst di jo nix anmarken laten, dat du dat weetst, aver bi Krischi is för de nächsten veer Weeken mit Handy in ’t Auto allenfalls in sien Garaasch. Weetst worüm ? Lappen wech ! Över dörtig Kilometer to gau in de Innenstadt, un denn ok noch mit ’n Handy an ’t Ohr.“

„Ach so“, segg ik, „dorüm.“

Un mit ’n Maal weer mi dat kloor, wat bi den Snack vun de Verminnerung vun Levensqualität för Krischi dor in Würklichkeit achtersteken hett.

STARVEN

Wenn dat maal so 'n trurigen Film in 't Fernsehn gifft, denn kann dat good angahn, dat mi dat af un an so to Harten geiht, dat ik den nächsten Dag noch mien Melanklöterigen heff. Un mien Fründ Tom geiht dat jüst so, dat weet ik. Un annerletzt harrn wi jo woll den Avend vörher beid dat glieke Programm anhatt.

„Starven mööt wi all maal", füng Tom an – dor harr he al veer Beer intus – „un wenn ik doot bün, denn will ik nix mit Sarg un Gräffnis un sowat. Denn will ik, dat ji mi verbrennt. Denn blifft nix vun mi över, un denn hebbt ji dor keen Last mit."

„Woso wullt du denn starven mit 'n Maal ?", seggt Krischi. „Geiht di dat nich good ?"

„Dat nich", seggt Tom, „aver eenmal sünd wi all an de Reeg, dat is nu maal so. Un jüst de, de jümmer glöövt, he kümmt dor villicht üm rüm, de is meist de Neegste. – Verbrennen is dat Best. Un denn mööt ji de Asch jichenswo utstreien."

„Holl blots op", seggt Krischi. „Starv du man eerstmal. Denn ward wi al sehn, wat wi mit di maakt. Ward uns al wat infallen."

„Bi Mallorca, wo ik jümmer in Urlaub henfohr, dor mööt ji de Asch denn in 't Meer kippen", seggt Tom. „Ik maak 'n Testament, un dor schriev ik dat rin."

„Jo, un wokeen schall dat maken ?", bölkt Krischi loos. „Ik villicht ? Nee, du ! Naher leevst du noch veertig Johr ! Un ik denn mit över Söventig as Rentner in ’n Fleger na Mallorca, un denn so ’n Urne mit dien Asch op ’n Schoot – laat de mit doch gor nich dör ’n Toll dör.“

„Na good“, seggt Tom, „denn vun mi ut ’n Seebestattung in de Nordsee, dat ward jo woll gahn. Dor ward denn so ’n Urkunde utstellt. Un de kümmt denn bi Inge över ’n Tresen.“

„Mann, ji hebbt villicht Themen hüüt Avend !“, seggt Inge un stellt ’n Runn Snaps hen. „Dat is ’n Suurn, suur maakt lustig. De geiht op mi, dat ji maal wedder op anner Gedanken kaamt.“

„Ik heff ’n Organspende-Ausweis“, seggt Krischi mit’nmal. „Wenn ik mit mien Motorrad an ’n Boom bretter, köönt ji noch ’n beten wat vun mi verscherbeln.“

„Nu is aver Sluss !“, segg ik. „Ik geev ok noch een ut !“

„Na good, aver wenn dat mit Krischi noch veertig Johr so wieder geiht“, seggt Tom un kriggt dat Grienen, „denn kannst sien Lebber as Organspende ok vergeten !“

Un dor weer mit’nmal vun Melanklöterigkeit bi em gor nix mehr to marken. Un nu will ik höpen, dat dat morgen blots nich wedder so ’n trurigen Film in ’t Fernsehn gifft !

Aver wenn, denn is ok nich slimm. Denn maak ik even Radio an, Radio mag ik sowieso veel lever.

INHALT

De leve Technik

Mien leve Frünn Krischi un Tom